MAIS UM NA MULTIDÃO

O Meu Lugar

Felipe Leal Cruz

À mãe honesta, educadora e guerreira, ao homem da arte de fazer negócios que é meu pai, à grande comunicadora, minha irmã, ao fantástico pensador que é o meu irmão, ao grandioso amigo enxadrista da vida, ao amigo mais persuasivo que me incitou a escrever, à toda turma do ensino médio de 2004, aos educadores, professoras e professores e à minha amiga e fiel escudeira.

Título: Mais Um na Multidão
Subtítulo: O Meu Lugar
Formato: Capa Comum
Veiculação: Digital
ISBN: 9798442228663

ÍNDICE

O QUE EU FARIA COM AS PALAVRAS?

O que vou te contar eu contaria a um amigo. Apesar de ele ser meu amigo, mal sabe minha história, mal vê meu lado sombrio e não sabe também que, apesar desse meu lado maquiavélico, tenho uma história de amor que me fez enlouquecer e ser quem eu sou.

Estou sentindo uma dor nas costas há três dias e o mesmo tempo sem dormir. Logo que a dor começou a incomodar eu tomei um comprimido analgésico que não adiantou em nada. Uma hora depois, a dor, ao invés de diminuir, aumentou. Hoje, às dez horas da manhã, tomei um remédio mais forte para dor, depois outro às seis horas da tarde e até agora, antes de tentar dormir, a dor ainda não passou. Então aproveitei a dor que não me deixa cair no sono para escrever o que gostaria de contá-lo.

E não vou contar a ele, justamente porque me diria que é psicossomático como você também deve estar imaginando. Estamos em 2020 e resumir todos os problemas de saúde à psicossomática virou moda. Inclusive para ele que é crítico, "outsider", pensa "fora da caixa".

Mas a questão não é minha dor nas costas. O que contaria a ele é uma confissão de amor. Não amor a ele, apesar de ter amor por ele, de poder contar com ele, também. Mas diferente desse amor que eu sinto e preciso contar. É amor por uma pessoa conhecida em comum de nós dois e que ele acompanhou de perto minha relação com ela por algumas vezes.

Essa confissão é importante para mim porque, apesar de

dizer a outras pessoas que as amo, além da minha mãe, pai, irmãos, enfim, família, é difícil eu verbalizar isso. Também já disse a algumas pessoas em outras ocasiões, mas por protocolo. Quando a gente namora e tem intenção de ter sexo, é importante dizer para a mulher que a ama. Parece frio isso, mas na hora não é tanto. Já disse o poeta Cazuza "mentiras sinceras me interessam", e é verdade.

Parece clichê dizer que só amei de verdade, como mulher, essa pessoa, mas é isso mesmo. O que não é clichê foi o caminho até eu perceber e tomar consciência plena disso. E parece que a dor não irá passar enquanto eu não colocar para fora todo o lixo que se acumulou em mim. Tudo o que há de ruim em mim. Todo o meu egoísmo. Falar sobre todas as manipulações que fiz. Todas as pessoas que decepcionei e todas as que magoei e as que eu machuquei, passei por cima e agredi. Todo desgosto que dei à minha família. Todo o passado pesado que eu carrego nas costas, minha sombra, meu companheiro sombrio.

Afinal, estamos no meio de uma pandemia do coronavírus, vírus que ataca principalmente as vias respiratórias e, só no Brasil, matou por volta de 90 mil pessoas até o momento. A tendência é chegar próximo das 700 mil vítimas devido a política atual que governa o Brasil. Assustador não é?

E gostaria de contar a esse amigo, pois ele entenderia que, apesar de ser um antissocial, eu também amo.

Porque, apesar de amá-la, eu nunca disse isso a ela em palavras. Eu nunca disse "Eu te amo!". Não com receio dela dizer qualquer coisa que contrariasse meu sentimento. Meu único medo era ela dizer "Eu te amo também!". O que eu faria com as palavras?

POETA POLIFORMO

Eu nasci na rua de um poeta, o nome é "Rua Poeta Duque Costa" e fica no bairro Cabral – que leva o nome de quem eu aprenderia na escola, erroneamente, que foi o "descobridor do Brasil".

Quando ainda era menino, sempre fui muito ativo, de aprender rápido a andar, aprendi aos dez meses de idade. Também aprendi a andar de bicicleta com muita facilidade. Brincava com muitas crianças o tempo todo. E mais ainda no período escolar, que iniciei aos quatro anos de idade.

Mas não era ativo só fisicamente, meu poder de aprendizagem também sempre foi positivo. Não tive problemas ao aprender a escrever, fazer contas, pintar dentro do desenho, seguir os traçados da folha de papel. Tinha uma excelente psicomotricidade. Sempre estive além da expectativa na minha educação escolar. E fui por algumas vezes premiado pela professora ou pela escola.

Fazer amizades para mim também sempre foi fácil. Sempre fui muito simpático, apesar de introspectivo, mas aberto à relações, não era violento, agressivo, ou qualquer coisa que perturbasse o outro. Alguns eu planejava sua morte, mas se resumia à fantasia, afinal eu compreendia que ainda era uma criança, quase que como eu.

Sempre gostei dos animais, na casa em que morava, aos fundos da casa dos meus avôs paternos, tinha muitos gatos pelo quintal. Também tínhamos uma cadela. E meu avô possuía um galinheiro. E sempre passava um caminhão na rua que trocava garrafas de vidro por pintinhos, eu sempre ganhava uns. Certa vez forcei dois pintinhos a beberem água, eu afundei o bico de um na água, depois o outro. Mesmo vendo que havia matado um, ainda repeti no outro. E se você pensa que fui cruel, desculpa, mas você está por fora da indústria alimentícia, o mercado que vende animais para consumo.

Também vivia na casa do vizinho, que tinha muitos animais: coelhos, gavião, cachorro, patos, galinhas, galo. E, de tempos em tempos, meu pai e seu amigo tinham de furar meu pé com agulha para tirar os "bichos de pé". Devido a isso, também, fora os ratos que caíam do telhado no casebre que eu vivia, tive uma inflamação que começou na garganta e não passou e por fim acabou em uma febre reumática, doença de países subdesenvolvidos como o Brasil no final da década de 1980, fim da Ditadura Militar, burocraticamente, início das milícias e da Constituição Federal em 1988.

A febre reumática que eu tive me tirou os movimentos das pernas e eu fiquei sem andar por um bom tempo e foi um trauma muito grande, já no início do meu desenvolvimento com pouco mais de um ano de idade. Logo eu que com dez meses já havia aprendido a andar e correr para todos os lados e ser muito ativo, foi um baque. E além de perder os movimentos das pernas, com a febre tinha alucinações com ratos caindo do telhado em meu berço que dormi encolhido até os seis anos de idade. Não era fácil viver em periferia nesse período no Brasil, assim como continua sendo difícil, ainda mais para negros.

Então fui sempre muito próximo dos animais. Tão próximo que até o enterro eu fazia. E tinha um enterro de dois pintinhos para fazer e chamei meus amigos para me verem fazer o funeral. A curiosidade pela morte era tanta, que depois os chamei para me verem exumar os pintinhos. Foi então que fomos até o local e eu desenterrei. Eles tinham diversas larvas, que já os estavam comendo. Eu comparei as larvas com arroz e minha amiguinha ficou traumatizada, passou mal e não quis comer mais arroz por um bom tempo. Hoje ela tem compulsão alimentar e problema com o peso. Eu não me culpo por isso, a vida e a morte são naturais e quanto antes você encarar a realidade e perder as ilusões, mais simples ficam os problemas a enfrentar na sua luta pessoal para a vida até o momento de sua morte. Para mim, não fez efeito algum. Eram somente dois pintinhos mortos alimentando outros seres.

Era o ciclo da vida seguindo o que a vida nos guarda, eu só antecipei. Caso conseguissem crescer, serviriam a mesa de alguém.

Quando cheguei à fase do ensino fundamental, o padrasto desse meu amigo, a quem contaria esta história, nos levava à escola e mais outra colega que também morava próximo. A mãe dele também já era professora e amiga da minha mãe, que dava aula no pré-escolar, o que nos fez nos aproximar e então começou o início da amizade. Nessa época, década de 1990, dos cinco aos sete anos de idade, já questionava a importância de tudo que estava vivendo. Comecei a reparar as injustiças. E, então, a questionar o que via à minha volta. Daí nasceu certa rebeldia. Mas uma rebeldia pacífica. Algumas vezes pulei com meus colegas o muro da escola, por a escola não ser tão atrativa, não ser desafiadora, não ser estimulante. E íamos com alguns trocados jogar vídeo game em comércios de jogos, que hoje nem existem mais.

Nessa percepção da realidade, já muito cedo aprendi, por exemplo, a dividir meu lanche do recreio com quem os pais não tinham condições de comprar. Brincava muito na rua com as crianças da vizinhança. Fazia grande parte do meu dia essas brincadeiras. Jogávamos futebol, bolinha de gude, rodávamos pião, jogávamos taco, soltávamos pipa, brincávamos de pique-esconde, macaquinho mandou, pega-pega, peteca, adoleta, bandeirinha, batatinha quente, bate e corre, bobinho, botão de mesa, carneirinho, carrinho de mão, cama-de-gato, pulávamos corda, cobrinha, corre cotia, elefantinho, escravos de Jó, espelho, estátua, está quente ou está frio, forca, gato comeu, ioiô, João bobo, mãe da rua, "Mamãe, posso ir?", morto-vivo, passa anel, pé-com-pé, pirulito que bate, polícia e ladrão, pula sapo, pular carniça, pular elástico, queimada, seu lobo, sombra, uni-duni-tê, queimada, pique-bandeira, taco, cabo de guerra, corrida de saco, ovo na colher, dança das cadeiras, coelhinho sai da toca, vivo e morto, amarelinha, bambolê e diversas outras brincadeiras que não me recordo agora, mas que crianças de hoje em dia, talvez nunca ouviram falar.

Então eu passava muito tempo brincando com meus vizinhos até anoitecer. Mas, mesmo assim ainda dava conta dos meus deveres de casa passados pela escola. E nos meus aniversários

eram todos convidados a comemorar comigo, em festinhas simples, mas que a maioria dos presentes não tinha a mesma condição
que eu quando faziam aniversário. E eu fazia minha festa ser para
todos e por todos.

Mais tarde comecei a treinar em escolinha de futebol. E o futebol e suas variações, gol a gol, futebol na rua ou golzinho, futebol
society, futsal, futebol de campo, durou até o início da minha ju-
ventude, apesar de na adolescência agregar outros esportes, como
natação, vôlei, handebol, basquete, skate, patins. Também fiz ca-
poeira por alguns meses e *kickboxing*.

Até então estudava em colégio público. E disse para minha
mãe que queria estudar em outro colégio e este era particular. Tive
de fazer uma prova de avaliação. Na primeira prova não fui aprovado. Minha mãe, como professora, sendo da área de Educação,
foi intervir por mim. Então me deram outra prova e fui aprovado.
Aconteceu o mesmo com outros colegas, um amigo que tinha a
mesma idade que eu e morávamos na mesma rua e é negro, inclusive também com esse meu amigo que eu gostaria de estar
contando esta história, que é pardo. E, ambos, coincidentemente
éramos de escolas públicas e morávamos em periferia.

Na minha cidade havia muita briga entre bairros e entre
zonas nos próprios bairros também. Eu não participava disso,
ainda era muito novo, isso acontecia entre os mais velhos, com
doze anos em diante. Então as facções criminosas se aproveitaram
dessa rixa e começaram a recrutar os jovens para o tráfico de dro-
gas e outros crimes nos anos 1990 e, em paralelo, a milícia crescia.

Quando iniciei os estudos no colégio particular, me senti
meio isolado, pois apesar de eu ser aparentemente branco, como a
maioria da minha sala, cabelo liso, pele clara, boca fina, nariz fino
e grande, apesar de ter uma condição social um pouco melhor do
que meus vizinhos, eu sentia que era diferente dos colégios antigos
onde estudei, eu sentia que não fazia parte daquele ambiente. Aos
poucos, porém, fui fazendo amizade. Havia um valentão na turma,
que fazia bullying com todo mundo. e um dia na sala de aula,
quando eu sentado prestando atenção na professora por quem
nutria uma paixonite, se levantou da cadeira, me pegou despre-

venido e tentou bater minha cara na mesa, a ponta do meu nariz chegou a bater na quina e ele riu disso. Apesar de não ter machucado, a dor moral me incomodou. Logo eu, que fui criado nas ruas da vizinhança de periferia, em uma sociedade machista, em que eu deveria me impor por preservação desde novo, não poderia aceitar uma afronta dessas.

Então, esperei a hora do recreio e, em certo momento, me aproximei dele e do grupo que ele estava sacaneando. Ele, como sempre, estava mexendo com os colegas de turma, como esperado por mim. Eu só esperei pacientemente a hora dele me reparar ali perto e ele logo veio mexer comigo também. Foi quando acertei um soco bem dado na cara dele, o que não havia acontecido antes com ele. Até ele se recuperar do soco juntaram outros colegas em volta. Quando ele se recuperou e veio para cima de mim, esse meu amigo, o que eu queria contar esta história, apartou a briga. Acabou que fui eu e o valentão para sala da coordenadora pedagógica. E ele aprendeu a lição e parou de mexer com quem ele julgava ser menor que ele e, por ironia do destino, passou a apanhar dos alunos mais velhos.

Além disso, de ser bem ativo fisicamente, de gostar de aprender, de ser justo e de saber me defender, também iniciei curso de inglês, onde era sempre premiado como melhor aluno. Certa vez, após acabar a aula, esperava na calçada, próximo à escada do curso, minha mãe chegar para me buscar. E nesse dia eu ganharia um lanche com suco natural, pois tinha recebido prêmio na semana passada como melhor aluno. Foi então que apareceram dois moleques, um menino da minha idade e o outro que deveria ser em torno de uns dois anos mais velho que eu. Eu usava um relógio que tinha ganhado da minha mãe de aniversário, um relógio de marca popular, mas era original e foi comprado em relojoaria. E eles me abordaram e me mandaram entregar o relógio. Eu olhei por trás deles e fiz uma expressão facial de assustado, então eles olharam para trás. Eu aproveitei para subir correndo as escadas do curso de inglês. Eles me seguiram até metade da escada e depois desistiram e foram embora.

Eles não continuaram a perseguição porque, além de saber

que haveria adultos lá em cima, seriam adultos brancos e os dois jovens eram negros. E se há racismo institucionalizado hoje em dia, aceito por uma boa parte como pós-modernidade, na década de 1990 era ainda pior. Eles certamente seriam severamente punidos se fossem pegos, pois apesar de já existir o Estatuto da Criança e do Adolescente, a lei, como ainda é hoje, não é plenamente respeitada.

Eu também fiz curso de informática. Era o aluno mais novo no curso de Office, onde aprendia com muita facilidade o Word, Excel, PowerPoint, Windows, ainda no ano de 1997. E acabava fazendo um papel de monitor da turma ajudando quem tinha mais dificuldade, para nivelar o entendimento da turma.

Então em minha infância, apesar de já perceber que eu não era capaz de ter emoção como as pessoas ditas normais, aquelas que têm vaga noção da realidade, eu sempre fui proativo e muito, muito ativo, não só fisicamente, mas mentalmente, afetivamente e sentimentalmente, pois sempre fui muito cercado de gente, da família, de amigos da escola, de amigos vizinhos.

E em minha infância foi quando também tive de lidar com o luto, pois aos nove anos de idade foi quando perdi minha avó materna por um problema de saúde, que a saúde hoje em dia, teria tratado, pois ela tinha trombose em uma das pernas e morreu por embolia pulmonar, antes de tomar a decisão se amputaria ou morreria com as duas pernas.

E eu era muito próximo a ela. Sempre tirava minhas férias escolares em sua casa. Ela não morava na mesma cidade que eu, mas sempre vinha me visitar e eu ia para lá. No bairro de Chatuba de Mesquita, na Baixada Fluminense, do Rio de Janeiro, onde a miséria, a violência e o domínio pelo crime até hoje ainda sãos muito evidentes. E, como já disse, já percebia as desigualdades sociais. E lá sem dúvida eu ficava bem indignado. Mas, ao mesmo tempo, boa parte da minha família materna era de lá. Então, quando ia para lá, além de eu ser mimado pela avó, as tias, as primas, os primos, terminavam de me "estragar", me mimando ainda mais. Eles tinham gosto de ver minha hiperatividade. No fundo da casa da minha tia avó e meu tio avô tinham pés de manga e eu subia nos pés e comia as mangas lá de cima mesmo. Também havia muitas galinhas e galo no quintal.

Certa vez, para o almoço, meu primo segurou a galinha sobre um toco de madeira, minha prima segurou um copo debaixo do pescoço e eu passei a faca afiada no pescoço do bicho e escorreu o sangue, que caiu no copo. Terminei de tirar a cabeça da galinha e quando meu primo soltou a galinha, ela correu pelo terreiro sem a cabeça. Eu achei muito curioso e excitante aquilo. Hoje com um presidente fascista no governo, penso que há mais gente que merece essa minha perversidade do que a galinha.

Com meus avôs paternos eu era muito mimado também. Tinha sempre tudo que queria. Apesar de eles serem pobres, ainda sim tinham mais condições que boa parte da sociedade na época. Meu avô, além de trabalhar como carreteiro para granja, tinha um galinheiro em casa e vendia frangos e galinhas. E eu sempre queria ajudar, era uma diversão, pois, para vendê-los, tinha de pegá-los e eu ficava responsável por isso e ficava correndo no galinheiro atrás das aves que os clientes escolhiam.

E meu avô tinha uma Kombi e eu adorava andar de carro com ele ouvindo música e cantar junto com a música, ele achava isso muito interessante. E com a minha avó eu aprendi a ter muita calma e paciência, a cuidar da terra e plantar, a gostar de gatos e de legumes, a me indignar com a violência contra outros animais que levou à morte os gatos dela por um adolescente com uma espingarda de um pai alcoolista. E o curioso é que o adolescente cresceu e ainda jovem foi executado por arma de fogo como os gatos que ele vitimou. Minha avó quando soube da notícia da morte dele ainda ficou triste, eu indiferente. Ela sempre cozinhou muito bem e eu adorava a comida dela, especialmente quando tinha beterraba na salada.

Minhas tias e meu tio, irmãos do meu pai, também eram legais. Levavam-me a vários lugares com eles. Conheci muito a cidade por eles e não só a cidade. Tinha uma tia que me levava a viagens para outras cidades, outros estados. E eu estava sempre brincando junto com meus primos. Então sempre fui muito querido por meus tios. E aproveitei cada segundo, cada novidade. E eu ainda tinha um "tio" emprestado, que era amigo do meu pai. Ele também me levava para passear no bairro como meus tios da família.

Os tios e primos da minha mãe, que moravam em Resende também, sempre fizeram de tudo por mim. Eu sempre dormia na casa deles e meus primos também dormiam na minha casa. Meus primos e eu não tínhamos muita diferença de idade. E brincávamos o tempo todo e sempre nos demos muito bem. Todos me respeitavam e sempre desejaram meu bem. E isso me tornava uma criança feliz.

Em família, sempre comemorei todos os meus aniversários com festas para a família toda e amigos. Apesar de a minha mãe ser professora da educação infantil e na época meu pai ser vendedor e não terem muitos recursos financeiros, eles ainda sim tinham o cuidado de fazer meus aniversários uma data muito especial. Com eles, a gente sempre passeava e viajava para lugares muito legais. Sempre adorei as praias e cachoeiras. Sempre fiquei próximo da natureza, do campo.

Então, além de me criarem proativo, ativo fisicamente, mentalmente, de me fazerem me interessar muito pelos estudos e dar valor a eles, de me darem apoio emocional, afetivo, sentimental, eles me tornaram um explorador do universo. Cada segundo que passei com eles, eu ficava mais curioso por tudo e querendo conhecer o mundo junto a eles. E sempre me senti muito amado, apesar de, às vezes, levar broncas e ter de ouvir conversas que meu eu não estava preparado para aceitar no momento. Então, este amor todo, esse incentivo pela busca pelo saber, pelo conhecimento, foi me incentivado através de muito carinho e afeto e isso me tornou muito sábio.

XEQUE!

Já na segunda parte do ensino fundamental, minha admiração pelas meninas, que na infância já era bem presente, desde o pré-escolar, foi se tornando cada vez maior. Comecei a ter mais amores platônicos. Alguns colegas da minha idade já tinham beijado na boca, mas eu era muito introvertido. Na sexta série, hoje sétimo ano, uma colega linda tinha se apaixonado por mim, mas eu não consegui chegar a beijá-la. Não sabia como fazer para conquistar. Um dia estive próximo disso, mas eu não tomei atitude alguma e a deixei frustrada. Mas, anos depois, já adulto, não deixei a oportunidade escapar novamente.

Havia mudado para outra casa, em outro bairro, apelidado de "Alvorada", onde também havia facções criminosas e milícia, então mudei também para outro colégio particular mais próximo. E outra garota ainda mais linda, que havia saído em revista de adolescentes se apaixonou por mim, mas também nada aconteceu.

Até que um dia, na casa da minha tia-avó, conheci uma menina da minha idade e me interessei por ela. Parecia uma indígena até no sobrenome. Então, no aniversário da minha prima mais velha ela apareceu E, com ajuda da minha prima e da amiga dela, fui praticamente forçado a beijá-la. Foi estranho, mas muito legal. Tinha entrado em uma nova etapa da minha vida.

Mas a introversão continuava e não voltei a vê-la, foi a primeira e única vez. E outras por quem me interessei também não cheguei a beijar. Então retornei ao colégio particular anterior para cursar o ensino médio, pois não me senti muito bem no novo colégio, que era muito elitizado e terrivelmente cristão.

No primeiro dia de aula de volta ao colégio anterior fiz

muito sucesso com as meninas mais novas. E olha que eu era bem estranho e muito magrelo. Como não tinha uniforme, fui com uma camisa preta com um ogro mostrando o dedo do meio. Meu cabelo era grande, batia quase no ombro. Fui de bermuda jeans velha. Usava um tênis surrado pela lixa do skate. E talvez tenha feito tanto sucesso com as meninas mais novas porque os músicos roqueiros que faziam sucesso na época usavam esse estilo. Senti-me muito bem com aquilo.

Retornei as velhas amizades, fiz novas. E, como um gavião, apesar de ser apelidado por "pardal", eu procurava por uma presa, pois minha autoestima estava em alta, sem deixar isso transparecer. Pois meu jeito introvertido, talvez seja o que me tenha também ajudado a ter feito sucesso com as garotas. Em sala de aula, já no primeiro dia de aula, no primeiro tempo, reparei uma aluna sentada nas primeiras carteiras. E, desde então, não parei mais de reparar nela, que me encantou. Não conseguia mais ver beleza se não fosse a dela. E como eu era introvertido, ela reparou que eu estava de olho nela. Acabou que ela veio puxar papo comigo, querendo saber se eu tinha impressora e se poderia imprimir um trabalho para ela e a amiga dela do segundo ano. Por sorte, pois eu teria um novo contato com ela, eu tinha a impressora e óbvio que eu topei na hora. Ela agradeceu e no dia seguinte estava eu lá com o trabalho dela impresso e trocamos um pouco mais de palavras.

Para minha decepção, descobri que ela já tinha um namorado do segundo ano. Nós éramos do primeiro ano. Mas ela era mais velha que eu um ano e uma semana. Ela foi reprovada no colégio particular anterior. Ela não era burra, não era desinteressada, ela não era desleixada. Pelo contrário, era muito inteligente, mais que a média e já sabia falar e entender muito bem inglês. Mas esse colégio anterior que ela estudou era conhecido por reprovar muitos alunos mesmo, também particular e mais terrivelmente cristão que o meu anterior.

Apesar da minha decepção por ela ter um namorado mais velho, não perdi a esperança. Notei que ela olhava diferente para mim. Mas eu não tinha chance nenhuma. Ele era privilegiado, filho de militar, playboy, que foi criado em creche privada, sempre estudou em escola particular. Chegava todo dia na escola pilotando uma moto. Eu era filho de professora da educação infantil de e comerciante dono de uma microempresa, que ia para escola percorrendo mais de três quilômetros na ida e mais três na volta, por volta de trinta minutos de pedalada de segunda a sexta em uma bicicleta velha, mesmo nos dias muito frios ou de muito calor. Ele sempre morou em bairros centrais. Eu já nasci na periferia, convivi com periféricos, com marginalizados. Vi gente sendo baleada e morta ainda na infância, estuprador apanhando da polícia. Vi muito alcoólatra perdendo a vida pelo vício, viciado em cocaína tendo surto psicótico e quebrando tudo. Vi muita mãe chorando porque não tinha condições de alimentar os filhos. Sempre fui atendido em hospitais públicos. Ainda bebê eu tive infecção séria no intestino, depois quase morri com estomatite, com pneumonia e febre de mais de quarenta graus, quase tive choque anafilático por alergia a um antibiótico. Vi minha avó materna ainda muito nova falecer em hospital público por falta de tratamento. Não conheci meu avô materno porque ele faleceu aos vinte seis anos de idade com leucemia e minha mãe foi criada só pela minha avó na periferia e minha mãe só conseguiu terminar os estudos por muito esforço da minha avó e das tias dela, pois na época, na Ditadura Militar, do golpe civil-militar de 1964, no ano que meu pai nasceu, um ano antes da minha mãe nascer, pobre ter direito a educação era raro.

Minha vida até aquele momento era muito diferente da dele. E hoje enquanto conto essa história, ele é investigado por ser um funcionário fantasma da Câmara Municipal do Rio de Janeiro, no diretório do filho do presidente miliciano eleito em 2018. Mas ele, por algum motivo tinha ciúme de mim. Um dia eu estava chegando ao colégio e ele vinha de moto e jogou a moto para cima de mim em minha bicicleta. Eu não reagi à provocação dele. Esse é o lado bom em ser um craque no xadrez ainda na infância e levar o jogo para vida. Você aprende que não pode pensar somente na jogada atual. Quanto mais jogadas possíveis à frente você pensar, mais chance tem de ganhar o jogo. E uma coisa era certa, eu sabia que ele sofreria as consequências daquele ato. Até por isso também não comuniquei a direção sobre o ocorrido, ou para nenhum adulto responsável, nem para meus pais e nem a amigos.

Eu sempre soube que eu era o único responsável por mim mesmo. Sempre lidei sozinho com meus problemas. Eu não ia bater nele, nem algo do tipo. Primeiro porque eu sairia como o mau da história. E como todo bom antissocial eu buscava evitar isso a todo custo. E outro motivo é que feridas físicas se curam. Eu iria atacá-lo pela vaidade, pela emoção que tanto me falta, no afeto, no sentimento, pois são cicatrizes mais profundas que as físicas.

No começo do segundo tempo de aula, antes de iniciar o recreio das crianças, quando os corredores ficavam vazios, eu pedi para a professora para ir ao banheiro. Fui até o estacionamento e meti o pé na moto dele. O som dela indo ao chão me deu prazer. Ninguém viu o que eu fiz e voltei para sala. Na hora do recreio de nós mais velhos, ao passar por ele eu o encarei. Ele já sabia que tinham derrubado a moto dele, mas não fez nada contra mim. Iríamos ter de ir para a coordenação e ele teria de contar que jogou a moto em mim para justificar ele saber que fui eu quem derrubou a moto dele. E o filho de um coronel que organizava rachadinha no mandato de político miliciano enquanto trabalhava na instituição para se passar por um "homem de bem", não iria querer fazer seu pai passar vergonha para o chefe da instituição que tinha a patente mais alta e ainda era dono. Xeque!

Mal tinha retornado ao colégio em que eu cursaria o ensino médio, já havia feito sucesso com as meninas, já tinha me apaixonado e já havia arrumado um rival. Nada mal para uma boa história de romance adolescente. Mas a história fica ainda mais animada, quando os outros meninos percebem meu sucesso com as meninas. Depois de eu receber diversos cartõezinhos de amor perfumados. De receber vários cadernos de perguntas de meninas que queriam me conhecer melhor, o que era muito comum na época, tipo uma enquete hoje em dia. De meninas fazerem rodinha em volta de mim querendo atenção. De elas me chamarem para festinhas e me tornar popular.

Enfim, fui eu quem tacou gasolina no fogo e fez entrar em ebulição todos aqueles hormônios que estavam pedindo para serem acesos e agitar aquele colégio de uma instituição nascida no golpe civil-empresarial-militar de 1964 e que tinha como norte o positivismo da "Ordem e Progresso". Mas como Augusto Comte, apesar de não ter a palavra em nossa bandeira, eu tinha o amor por princípio.

Então o ensino médio tinha tudo para ser especial na minha vida. Eu estava apaixonado. E apesar de ser convidativo, interessante, empolgante estar no foco de várias meninas, eu estava com olhos somente para uma. E eu não sossegaria enquanto não tivesse a atenção dela. E não queria a atenção de mais ninguém.

Ela era diferente. Havia algo nela que me deixava intrigado. Ela me causava curiosidade. Causava-me espanto comigo mesmo. Havia um mistério nela para ser desvendado. Ela era como um quebra-cabeça. Fazia-me sentir coisas que não sabia explicar e nunca havia sentido antes. Era um desejo incontrolável. Era um carinho e um cuidado que eu tinha com ela e com mais ninguém. Ela me fazia querer ser alguém melhor.

XEQUE-MATE!

Ela era linda demais. Sua cor branquinha contrastava com o preto do seu cabelo que reluzia na luz. Sua boca rosa era perfeita enquanto falava ou até mesmo enquanto estava calada. Era tão magrinha que parecia ser muito frágil, mas além de saber se defender, sabia ainda defender os outros. Apesar de sempre ser da paz, não aceitava injustiça. Seus olhos atraiam toda atenção que ela quisesse, eram um pêndulo hipnotizador que se movia de lado a lado e eu os seguia e me sentia em paz. E quando seus olhos miravam os meus eu sentia meu coração bater nos ouvidos. E seu nariz fininho, combinava com suas sobrancelhas também finas e quando franzia a testa pensativa eu sentia um aperto no peito de tanto charme. E cada expressão do seu rosto, desde quando estava brava, até quando estava rindo de contagiar a todos, era perfeita. Sua voz era aconchegante demais, qualquer coisa que dissesse qualquer um concordava com ela, porque estavam encantados com o som, não importa o que falasse, além de sempre falar com muita sabedoria. Ela era tão meiga, sociável, simpática, harmoniosa, empática, guerreira, justa, amorosa, positiva, alegre, feliz, que eu não consegui não me apaixonar.

Eu estava sempre tentando me aproximar dela. Mas, como já disse, eu era introvertido. Porém, na época, no ano de 2002, a gente se conectava na internet por meio de uma linha telefônica ligada ao computador e existia um meio de comunicação por mensagem chamado "mIRC". Então, por ali nós fomos estreitando os laços. Mas pessoalmente era difícil, eu queria agilidade em criar um laço afetivo com ela, mas era complicado porque não conseguia ler o mundo pela empatia.

E porque no ensino médio acontece uma coisa muito curiosa. Os alunos se separam por clubinhos, então tinha o clubinho das meninas que eram poucas na sala, tinha o clubinho dos nerds, o clubinho dos agitadores, o clubinho dos isolados, o clubinho dos brigões, o clubinho dos populares etc.. Eu fazia parte de todos os clubinhos, cada hora um pouco. E eu percebia isso nela também. Então acabava que havia desencontros nesses nossos passeios pelos "clubinhos". Então, como disse, pela internet acabava que nós conversávamos mais. Ela era administradora do canal de "mIRC" mais balado da nossa cidade. Então ela era bem popular. E acabava que a chamavam muito pelo nome de usuário que ela usava nessa rede social da época.

Um dia, um amigo de nossa sala, adoeceu, precisou retirar um rim. E ficou internado e teve um período de visitação. Por acaso ela também adoeceu com uma alergia muito forte e ficou internada em um quarto próximo no mesmo hospital. Uns amigos e eu fomos visitá-lo. E eu não perdi a oportunidade e, depois de visitá-lo, fui visitá-la também. Mas depois desse episódio tudo terminou bem, todos foram tratados, medicados, recuperados e voltaram para casa e para o colégio.

Enfim, depois de um tempo o meu laço com ela estava mais estreito. E eu, cada vez que a conhecia mais de perto, ficava ainda mais apaixonado. Até que nos tornamos amigos e começamos a sempre fazer os trabalhos em dupla juntos. Tinha um trabalho de geografia que precisava levar uma matéria de um jornal ou de uma revista, mas ambos nos esquecíamos de trazer de casa. Então como eram dois tempos de aula dessa matéria, logo no início das aulas, a gente matava o primeiro tempo na biblioteca para pesquisar as revistas e jornais. A professora começou a perceber nossa ausência rotineira no primeiro tempo e imaginou que estávamos matando aula para namorar na biblioteca. Quem dera!

Nossos laços foram se estreitando cada vez mais e mais. E além das aulas matinais, tínhamos aula técnica à tarde. Então passávamos muito tempo juntos. E o carinho foi aumentando cada dia mais e mais. E além do tempo juntos fisicamente, virtualmente na internet continuava. Estava mais que claro que nos gostávamos e nos fazíamos bem um ao outro.

Um dia, após as aulas da tarde, ela me disse que a mãe demoraria a chegar, pois ainda estava no trabalho. Ela trabalhava em um curso de idiomas e depois de terminar o trabalho a buscaria de carro. Eu estava de bicicleta, então eu poderia esperar com ela por sua mãe. Ofereci uma bala de morango e coloquei uma na boca para passar o tempo. E continuamos conversando. Então, em certo momento, ela me contou que havia terminado o namoro. Foi aí que me acendeu uma esperança enorme. Pois fazíamos uma bela dupla. Éramos companhias ótimas um ao outro. Tínhamos tudo para dar certo. Mas eu não tinha ouvido abertamente que ela gostava de mim e eu nunca havia dito que gostava dela. Apesar de implícito, ainda havia muita insegurança.

A biblioteca ficava aberta até tarde, pois a mesma instituição disponibilizava cursos de ensino superior que eram à noite. Então a convidei para ir para lá, pois era um ambiente agradável e poderíamos nos sentar e conversar mais tranquilos. Ao passarmos pela tesouraria cumprimentamos nossa amiga de turma, que por acaso era muito amiga também do meu rival, e certamente essa amiga dele contaria que nos viu juntos indo em direção à biblioteca.

Já havia lido muitos livros que estavam ali, mas eram tantos que sem dúvida outros muitos livros eu nunca leria na vida. Assim como já havia vivido muitas coisas na vida, apesar de ainda ter quinze anos, muitas coisas eu ainda iria viver, mas outras muitas coisas eu nunca viveria. Já havia ido também a muitos lugares legais, outros nem tantos, mas o mundo é tão grande e o universo infinito que teria lugares que meus pés não pisariam jamais, mesmo com o homem já tendo pisado na Lua. Já toquei em texturas que são muito diferentes de outras texturas, mas há tanta textura diversa no mundo que eu jamais chegaria a sentir todas. Perfumes e aromas, então, já havia sentido muitos diferentes, alguns delirantes, outros desagradáveis e muitos que eu nunca saberei que existem. Até mesmo sabores, eu já havia experimentado tanta coisa diferente, tantas frutas saborosas e temperos que nem sei que existem com paladares muitos distintos e existe tanta coisa que nem consigo imaginar que poderei sentir o sabor um dia e muitos eu nem quero. Mas o que eu mais desejava conhecer, mais e mais, como um livro em que você começa a ler e não sabe o que vai acontecer na página seguinte, tocar e sentir sua textura, apreciar mais de perto seu perfume e por fim sentir o sabor da fantasia através de seu beijo, ela estava ali ao meu lado indo em direção à biblioteca comigo que era o melhor lugar que eu poderia estar no mundo, ao lado dela.

Entramos na biblioteca e fomos até o segundo andar, onde não havia ninguém lendo, então poderíamos falar. Mas, quando chegamos lá, ficamos em silêncio, um de frente para o outro. O silêncio mais gostoso que eu já pude ouvir. Um silêncio intrigante e excitante. Olhávamo-nos apaixonados. Eu percebi a reciprocidade, a insegurança estava em silêncio também, como nós dois. Aquele ambiente todo estava em silêncio. Só o que gritava em mim era a paz. Eu não queria que nada mais quebrasse aquele silêncio. Então me aproximei dela e meio sem jeito, fui até o encontro de sua boca, ela meio sem graça deu uma risadinha quebrando o silêncio ao seu modo mais puro. E, enfim, nos beijamos.

O beijo mais gostoso da minha vida, apesar de só ter beijado uma vez antes. Mas ali eu poderia passar a eternidade e beijar aquela boca para sempre e nenhuma mais, até o fim de minha vida. A textura de sua pele, seu abraço aconchegante, seu perfume, o sabor do seu beijo misturado ao sabor da bala de morango, marcou minha vida profundamente. Não tinha mais como ser eu sem ter a beijado. Eu a queria para sempre. Eu queria só ela. E ficamos ali um tempo nos aproveitando, abraçados. Aproveitando o silêncio mais gritante do mundo. E nem vimos passar o tempo. Que há paraíso eterno depois da morte é algo que me nego a afirmar, mas que há eternidade em um momento, eu afirmo plenamente.

Quando olhei pela janela vi um carro parado em frente ao colégio que era da mãe dela e a avisei. Despedimo-nos com mais um beijo e descemos. Minha vida tinha encontrado um sentido e estaria disposto a morrer por ele. Ela foi ao encontro de sua mãe e eu fui pegar minha bicicleta para ir para casa. Na volta da biblioteca passamos novamente pela nossa amiga de turma. E eu não conseguia esconder meu sorriso de orelha a orelha, minha cara de besta, de apaixonado, minha euforia. E olhei para ela para me despedir. E ela sorriu como quem dizia "eu sei o que aconteceu". Xeque mate!

COMO UM ANJO CAÍDO, FIZ QUESTÃO DE ESQUECER

Ela é uma Deusa, apesar de eu ser ateu, via nela um amor celestial, todo amor e todo carinho e afeto, não só comigo, mas com todos em sua volta, inclusive ainda maior com os animais e a natureza. Ela não via problema em acariciar animais de rua, como grande parte que sente repulsa em fazer isso, por exemplo. Ela não fazia mal nem a uma formiga ou barata, defensora de todas as vidas. Ela me levou ao céu. Meu lado sombrio era iluminado por sua presença, não só quando fisicamente próximos, mas quando estava em meus pensamentos. E ela sempre estava em meus pensamentos. Ela fez de mim um anjo. Logo eu cairia do céu, como todo bom anjo rebelde.

No primeiro final de semana do nosso primeiro beijo, marcamos de nos encontrar de bicicleta num parque da cidade, no início da tarde, depois do almoço. Quando nos encontramos decidimos ir próximo à beira do rio, numa praça bem arborizada que não tinha ninguém além de nós dois. Do outro lado do rio passava uma linha de trem, depois a Via Dutra onde passavam diversos carros o tempo todo e atrás havia umas colinas. Começamos conversando, os dois meios sem graça e logo veio aquele silêncio gostoso. E nos beijamos e nos abraçamos e nos acariciamos e conversamos e namoramos até o anoitecer.

Pudemos ver o pôr do sol atrás das colinas, vimos e ouvimos o barulho do trem passando pela linha, o som da água correndo seguindo seu fluxo e admiramos as gaivotas voando pelo sentido das correntes do rio, também observamos as luzes dos carros passando pela estrada, apreciamos a lua aparecer por de trás das colinas. Aquele dia ficou eternizado em minha história. Foi um dia muito romântico e gostoso. Talvez este fosse o céu que os religiosos tanto desejam, mas não sabem ver ainda em vida e fantasiam a plenitude da paz após a morte. Eu já poderia morrer feliz, mas queria viver mais e mais ao lado dela.

Como já estava de noite, ela precisou voltar para casa. Eu fui com ela de bicicleta até a ponte próxima ao shopping. Ela achou melhor eu não a acompanhar até em casa. E apesar de eu estar preocupado com ela ir à noite, sozinha, de bicicleta para casa e ao mesmo tempo não querer abandoná-la, pensei que ela poderia não querer me apresentar a sua família naquele momento, ali minha empatia já dava sinais de que eu poderia viver uma vida menos sombria.

E então nos despedimos com mais um beijo e vi minha Deusa indo embora e deixando saudade, mas ainda sentia sua presença em mim, em meus pensamentos, o seu perfume que ficou grudado em mim, a paz, a felicidade, sua memória, um momento de um dia de sua vida. Como canta Veloso Moreno "Tudo fica mais bonito / Você estando perto / Você me levou ao delírio / Por isso eu confesso / Os seus beijos são ardentes / Quando você se aproxima / O meu corpo sente / Vem pra cá / Deusa do amor".

Depois tivemos outros encontros. Um dia os amigos marcaram de jogar boliche. No boliche ela só me beijou em dois momentos, afastados dos amigos, escondidos, apesar de todo mundo ali já ter sacado e ser óbvio que estávamos ficando e nos conhecendo. Mas eu percebi que algo de errado havia. Será que ela via meu companheiro das sombras? Ou ela tinha certa vergonha ou insegurança em deixar claro que estava comigo, minha empatia ainda era nova e eu ainda engatinhava em entender o outro. Talvez por ter terminado um namoro pouco tempo antes. Eu fazia um esforço danado para entender, como quem começa a aprender a ler. Eu estava começando a ler o mundo agora com emoções, dando importância ao que ela sentia.

Depois das aulas, enquanto esperávamos a mãe dela buscá-la, íamos para fora do colégio, onde era bem arborizado e havia muita sombra e ficávamos namorando. Tanto depois das aulas de manhã, quanto depois das aulas à tarde. Fora desses momentos éramos grandes amigos que estavam sempre juntos. E claro que todo mundo já havia notado que havia algo entre nós. Mas não demonstrávamos claramente isso em público, apesar de eu querer contar ao mundo todo que estava apaixonado e havia encontrado meu amor.

Um final de semana teve um encontro do canal do mIRC da cidade que era onde os adolescentes e jovens da época trocavam mensagens. Foi um churrasco, regado com bastante álcool. Como já disse, ela era administradora desse canal, portanto bastante popular. E ficou responsável por organizar aquele encontro de pessoas que acessavam o programa de conversas.

Neste dia combinei com meu amigo, ao qual estaria contando esta história agora, e pegamos o ônibus para a festa. O pessoal que aparecia nesses encontros eram pessoas da classe média, classe média alta da cidade, afinal em 2002 a internet não era tão acessível como é hoje, muita gente nem computador tinha, notebook só ricos, celular só existia para ligações ou SMS.

Não era muita a minha turma, apesar de eu ter entrado na classe média, graças aos meus pais que se matavam de trabalhar o dia inteiro. Eu não tinha costume de frequentar eventos assim, em que os homens iam para beijar várias garotas e ao final da festa saírem carregados de bêbados para os carros por quem estava um pouco menos alcoolizado e iria dirigir. Mas por ela eu fui.

Chegando lá, tentei socializar, me ambientar ao local, saber onde pegava refrigerante, onde era servido o churrasco, onde era o banheiro. E por enquanto ainda não a tinha encontrado. Quando já estava me sentindo mais seguro com aquele ambiente, fui procurar por ela, mas não a encontrei no primeiro momento. Quando a encontrei, depois de um tempo, afinal tinha bastante gente, e eu havia chegado antes dela, conversamos. Ela parecia estar preocupada com outras coisas, talvez por estar organizando o evento. E por ela ser popular naquele meio, e muito procurada.

Então meio que fui deixado de lado por ela. E quando voltamos a conversar, ela terminou comigo. Eu nunca havia namorado e percebi que o que rolou entre nós também não era um namoro. E comecei a procurar entender melhor como funcionam as relações afetivas. Para mim estava tudo ótimo entre nós. Será que fui reprovado em empatia?

O que havia mudado? Havia acabado mesmo nossa relação para sempre? Muitas questões vieram ao mesmo tempo. Fui tomado por um mal-estar completo. Não conseguia olhar para o externo a mim, estava submerso em meus pensamentos e sentimentos. Levei um tempo até conseguir tomar uma decisão, enquanto isso eu me mantive naquela festa frio como minha natureza, como antes em que emoções não me afetavam.

Encontrei esse meu amigo e avisei que estava indo embora, sem contar o que havia acontecido. Ele também decidiu ir embora comigo e pegamos o ônibus de volta. Não conversamos na volta sobre a festa que acabamos de participar, só falamos coisas superficiais. Conversamos sobre outras coisas e foi bom para mim, pois, apesar de não me tirar totalmente o foco que estava na minha cabeça que era o término de uma relação que tinha tudo para ser cada vez melhor. Conversando pelo menos eu conseguia pensar em outras coisas ao mesmo tempo.

Chegou meu ponto, me despedi do meu amigo, e fui caminhando para casa. E ainda refletindo sobre o que havia acontecido. Estava me sentindo muito mal. Eu não sabia entender as emoções dela. Eu estava sentindo emoção? A dor na alma é assim, um vazio?

Quando chegou a noite, na hora de dormir, que foi a hora mais pesada. Depois de sofrer, não por culpa, além de habitualmente eu não me culpar pelas coisas, eu sofri pela rejeição. Um antissocial também tem sentimentos. Fora que, narcisicamente, eu me sentia perfeito, afinal havia várias outras estavam a fim de mim e estavam doidas para saberem que eu não estava mais preso a ninguém. Apesar de nosso relacionamento não ter sido confirmado por nós, todos sabiam.

Aprendi a lição de que os sentimentos não precisavam ser recíprocos. Eu não conseguia entender o que havia acontecido. E isso me deixou frustrado. Percebi ali que eu não tinha algo que as pessoas normalmente têm. Faltava-me empatia ainda, eu não fui capaz de ler o mundo assim, realmente fui reprovado, eu era incapaz de ler o mundo das emoções humanas.

E percebi ali que o meu lado sombrio não havia morrido por completo pela luz dela, fui tomado por uma rebeldia e o meu inferno particular precisava que eu voltasse a tomar conta. O anjo que ela tinha me tornado, caiu do céu e estava livre para criar seu próprio reino.

MENTIR PARA SI MESMO É SEMPRE A PIOR MENTIRA

O amor não acabou para mim, mas eu já não era mais o mesmo, a luz em mim havia se apagado novamente. Era minha primeira decepção amorosa, a primeira rejeição que me tocou. Enquanto tantas outras queriam quem ela tinha e deixavam claro isso, ela simplesmente negou.

O amor dela por mim também não havia acabado, era perceptível em pequenos detalhes. E isso era bom, pois iluminava não a mim, mas a minha esperança, como se eu tivesse num túnel escuro e pudesse ver uma pequena ponta de luz ao final. Mas o inacabado, a incerteza, a insegurança, a escuridão, o caminho solitário, acabava comigo, porque eu não me sentia completo, eu precisava dela para aprender as emoções, aprender os sentimentos e ninguém melhor que ela, com mais luz que ela para que eu não me perdesse na escuridão e vazio que era meu interior de demônios.

No início da próxima semana, depois da festa, tudo voltou ao normal, mas eu não gosto de normalidade, não gosto do habitual, estávamos criando uma relação extraordinária. E o extraordinário sim me excita. O fora do comum, o que mexe comigo, o que me traz felicidade, o que me dá energia para continuar a acreditar em seres humanos, na vida, é o amor que eu acabava de descobrir.

E apesar de pensar que ela continuava a me amar e os atos dela demonstrarem isso, era um amor que eu tinha por alguns amigos, o amor que tinha pela minha família. Eu queria mais. Eu queria de volta o fogo pré-histórico que eu tinha descoberto nela, a luz que iluminava toda escuridão. Queria sair da caverna e das sombras. Eu queria o amor que nasceu de uma paixão ardente. Eu queria o amor dela como mulher, como companheira. Eu queria esse novo amor que mal havia começado. O amor que eu nunca havia sentido, uma fonte de emoção, de coisas boas.

O que havia acontecido mexeu tanto com minha profundidade que eu tive de voltar à superfície para pegar fôlego. Mas a superfície não tem a segurança que o profundo nos traz. Assim como os peixes precisam mergulhar fundo para não serem fisgados, eu precisava da segurança que ela me dava. E então decidi buscar reconquistá-la da maneira mais egoísta e hedonista o possível. E mal sabia eu que essa irresponsabilidade me traria conseqüências que eu teria de lidar e surgiria das minhas profundezas um ser que me transformaria em um monstro.

No primeiro final de semana após o término, fui convidado para a festa de uma irmã de um amigo. Era um churrasco em família e tinha alguns amigos e amigas dela.

Eu cheguei ao churrasco, dei parabéns para a aniversariante, cumprimentei todos os familiares e o meu amigo. A festa estava muito legal, tinha piscina, churrasco, cerveja, refrigerantes, doces, bolo e logo fui bem recepcionado e me serviram. Ao mesmo tempo em que interagia com todos lá, eu paquerava algumas amigas da aniversariante e algumas amigas dela me paqueravam.

Com o passar do tempo, do meio para o fim da festa, a aniversariante veio até mim e me falou sobre uma amiga dela estar interessada. Quando soube quem era, eu me interessei também. Ela não chegava aos pés da minha primeira ex, se é que poderia chamá-la assim, mas ninguém chegaria aos pés dela. E não digo somente esteticamente, digo como um todo.

Eu ainda estava apaixonado, mas apesar de ser muito bonita também, apesar de diferente do meu primeiro amor, eu não tinha escolha na tentativa de apagá-la da minha mente e desapegar e desencanar do fora que tomei. Então decidi que toparia ficar com a amiga da aniversariante. E a aniversariante foi fazer acontecer nosso encontro e levou a garota amiga dela até um ambiente que estava em obra. Então eu as segui e esbarrei com a aniversariante saindo pela porta.

Quando cheguei ao que parecia ser um quarto em construção, encontrei a amiga da aniversariante que me esperava sozinha. Eu me aproximei dela, ela sorriu sem jeito e a beijei. E a beijei com a mesma intensidade do meu sofrimento. E aproveitei aquele momento carnal, sem sentimento nenhum, como se fosse um acompanhante profissional. Foi algo prazeroso, mas totalmente superficial. E depois de um tempo lá, depois de termos nos aproveitado bastante, de deixar os hormônios aflorados, muito comuns na adolescência, emergirem. Nós conversamos um pouco e como já estava se aproximando do final da festa, propus que ela saísse do ambiente primeiro e depois de um tempo eu sairia.

Logo na segunda-feira, ao chegar à escola, muitas das meninas me olhavam diferente. Na hora do recreio ficou mais evidente que havia tido um burburinho de como foi a festa e que certamente eu havia sido citado. E fiquei sabendo pelas minhas amigas de sala que eu havia tido um bom desempenho e que o colégio inteiro já estava sabendo que eu havia ficado com a amiga da aniversariante e que ela havia dito que eu beijava bem e tinha fogo.

Então começaram a surgir novas propostas e eu, no centro das atenções, não negava a maioria. E fui ficando com uma garota atrás da outra. E uma mais linda que a outra. Outras nem tão lindas, mas eu não ligava muito para estética do padrão de beleza ditado pela moda. Além disso, comecei a participar de outros eventos e festas, a ir a boates, bares e fui fazendo tantas conexões que minha fama acabou espalhando também entre outros colégios. E eu fui me aproveitando disso. E o número de meninas que eu beijava foi aumentando exponencialmente, a ponto de em um evento apenas eu chegar a beijar cinco garotas diferentes.

Eu estava famoso, eu estava no centro, eu estava em foco e isso parecia ser bom, mas havia consequências disso. Primeiro que eu não me relacionava intimamente com ninguém, era tudo muito superficial. Segundo que eu estava ficando viciado nesse poder, porque assim eu conseguia esquecer um pouco meu amor negado e a ferida que havia me deixado. Fora que havia outras consequências, porque eu não era o único que gostava de garotas e tinha outros garotos que estavam apaixonados por essas garotas a quem eu só buscava prazer.

Então a raiva desses caras aumentava proporcionalmente à minha fama com as garotas. Eu percebi isso e decidi dar um tempo e tentei ter intimidade verdadeira com alguém. Então criei uma conexão menos superficial com uma garota um ano mais nova que eu, de uma série antes da minha. E eu passei a gostar de tentar me libertar e tentar ter intimidade verdadeira com ela. E acabei a pedindo em namoro. E nós andávamos de mãos dadas. Eu a acompanhava caminhando até a sua casa, pois ela morava próximo ao colégio. Eu conheci sua mãe. Eu ganhei e dei presente. Eu recebi e escrevi cartinha de amor. Com ela eu tive minha primeira experiência sexual.

Mas aconteceram três coisas: os caras que eu havia magoado não esqueceram, apesar de eu estar namorando e sem ficar com mais ninguém; segundo que havia um amigo da sala dela apaixonado por ela; terceiro que eu não havia me esquecido do meu amor pela, agora, amiga.

Começou um alvoroço de outros caras quererem me bater, não só os da minha escola, mas caras de outras escolas. E eu tinha de assumir essa responsabilidade. Apesar de não gostar de briga, tive de encará-los. Esse é o funcionamento do sistema machista que eu havia me metido. E meus amigos sabendo disso tudo, não me abandonaram. Assim como pardais, a gente andava em bando.

Inclusive eu tinha um grande amigo que era agente infiltrado porque era da sala de quem queria me bater. Para me defender eu peguei dois garfos da cozinha de casa e produzi um tipo de soco inglês com as pontas bem afiadas. E elas poderiam ser além de usadas nos punhos, poderiam ser acopladas ao tênis fixando nos cadarços. O amigo da minha então namorada que era apaixonado por ela, deu uma bolada na cara dela e tentou me enfrentar junto dos amigos da sala dele.

Na hora do recreio coloquei minhas armas nos tênis e por ter treinado muito tempo futsal com bolas especiais, bem pesadas, cheias de areia, cada uma pesando vários quilos, e por já ter treinado *kickboxing* e saber chutar muito bem e com bastante força sacos de pancada, descalço, sem protetores, fui encará-los.

Eles ficaram extremamente assustados e desistiram de entrar numa luta comigo. Ao mesmo tempo juntou uma galera em volta e logo chegou o inspetor do colégio e separou o que não seria nem uma briga, apesar da covardia de cinco contra um, seria um massacre, pois eu estava muito bem-preparado e muito puto com a violência contra minha namorada.

Mas o apaixonado covarde foi contar o ocorrido para um cara mais velho, já adulto, vizinho dele, de fora do colégio e o cara se juntou a ele para tentar me bater. E no meio do caminho do colégio até a casa da minha namorada, enquanto eu a acompanhava, eu já desarmado, eu fui abordado pelos dois. O cuzão de repente tomou certa coragem, mesmo assim meio que se escondia atrás do seu vizinho mais velho que também era vizinho da minha namorada. Eu encarei os dois, agora sem minhas armas, mas minha namorada decidiu intervir e não deixou a gente brigar. Eles, então, me deixaram em paz, até porque não esperavam que eu fosse encará-los, mesmo sendo um mais alto e velho que eu.

Mas não parou a confusão por aí. Virou uma bola de neve. Os amigos de sala do apaixonado covarde, agressor de mulher, se juntaram novamente para ajudar o amigo. Eu encarei os cinco, sozinho, no recreio. Mas meus amigos ficaram sabendo da covardia e intervieram por mim. Virou uma confusão generalizada.

E o mais popular da turma deles, que estava entre os cinco, decidiu que me pegaria sozinho porque se fosse confronto entre turmas eles se dariam muito mal. No dia em que o corajoso iria me enfrentar, apareceram vários amigos da gangue dele, todos vulgarmente podendo ser chamados de "playboys" na época.

Foram para frente do colégio, com seus carros e motos, esperar pelo combate. Mas meus amigos não deixaram barato e convocaram uma turma para ir me defender também e isso se espalhou muito rapidamente entre vários colégios da cidade, mesmo não existindo wi-fi, redes de dados, smartphone, redes sociais, aplicativos de mensagem na época, apareceu muita gente de vários lugares para me defender, tanto meninas quanto garotos.

Muitas delas haviam ficado comigo, inclusive vieram também outros colegas de bairros que haviam largado a escola e já tinham passagem pela polícia e casas de detenção, seria literalmente uma luta de classes.

Então o evento contou com mais de cem pessoas só de fora do colégio, mais os que estudavam lá. Nunca havia acontecido isso na cidade. O colégio comandado por família de militares onde o patriarca era um coronel, logo percebeu e interveio rapidamente.

Quando o sinal bateu para a saída, o inspetor já me esperava no portão e não deixou que eu saísse do colégio. Então chamaram a polícia militar e vieram cinco carros com quinze policiais para dissipar o grupo. Que poder não tem uma patente alta? Se o ocorrido tivesse sido em um colégio público de periferia, primeiro que todo mundo se mataria antes de chegar apenas um carro da polícia com dois policiais para fazer o boletim de ocorrência, a perícia e o rabecão.

Como eu fui impedido de deixar o colégio, fui para minha torre, onde havia silêncio, o lugar que me trazia mais paz e de onde podia observar do alto, prazerosamente, o poder que eu tinha de movimentar e atrair pessoas e ter a atenção e o foco para mim.

Minha, agora, amiga, foi atrás de mim, ela me conhecia tão bem que sabia que eu estaria lá e foi me dar uma força. Enquanto eu estava me deleitando do poder, ela estava totalmente apavorada e preocupada comigo.

Foi então que eu percebi que aquele circo todo tinha surtido o efeito que eu queria, apesar de não ter pensado conscientemente em tudo aquilo, eu havia conseguido o que era mais importante para mim, que era a atenção exclusiva dela em um lugar especial para nós dois.

Mas eu sabia que aquela confusão toda não estava resolvida. Tinha de ter um "grand finale". O cara popular da turma deles que queria me pegar na pancada para "roubar o meu poder para ele", como acreditavam os canibais, psicanaliticamente e antropologicamente falando, não havia desistido do plano e desejava minha atenção.

E no dia seguinte decidiu me abordar do lado de fora do

colégio, agora sem público, e me enfrentar sozinho. Mas quem estudava lá estava já atento, aterrorizado, excitados com a queda de braço e curiosos, então se juntaram em volta de nós dois.

Finalmente ele tomou coragem e veio para cima de mim. Bastou somente um soco meu para que ele ficasse atordoado por uns 30 segundos, até me segurarem para eu não ir para cima dele e continuar a golpeá-lo. E quando ele voltou a si, ficou histérico dando pancada e chute no ar, sem técnica nenhuma e seguraram-no. E como não aceitou a derrota foi até sua mochila pegar uma faca que levava para o colégio.

Como ele não deu conta de mim sozinho, alistou um cara mais velho, que já era maior de idade e tomava anabolizantes para me pegar. Outro covarde como ele, apesar do tamanho. Porque como eu andava de skate e, muitas das vezes, andava sozinho, porque eu era bem viciado em skate. Então um dia indo ver minha namorada andando a pé com skate na mão porque no chão da rua do bairro não dava para ir remando no skate, vieram três sujeitos por trás de mim, em duas bicicletas. Um deles, o que foi alistado para me dar uma surra, em resposta ao soco que eu dei no que se colocou como meu inimigo, para defender seu amigo agressor de mulher, ele me deu um tapa no ombro com força, mas que não chegou a machucar e na hora até me virei rindo, pensando ser um amigo brincalhão meu que faz aniversário no mesmo dia que eu e morava naquele bairro.

Quando vi quem era logo entendi que era a resposta da vergonha que o popular valentão passou. Os três me cercaram e eu segurei o skate em forma de usar como se fosse um taco e fui me movimentando em círculo, enfrentando um a um, até que se abriu um espaço entre os três, que apesar de estarem em maior número, claramente estavam assustados com a possibilidade de três apanharem de um só.

E logo surgiu o segurança do bairro, que apesar de nada ter feito, só estava passando de bicicleta na hora, foi crucial para distraí-los, porque ficaram ainda mais assustados e deu tempo de eu correr, pelo espaço que eles abriram entre eles, e quando cheguei a uma rua asfaltada, desapareci de skate. Apesar de eles virem correndo atrás de mim, com suas bicicletas, demoraram tanto a me alcançar, porque eu era especialista em remada no skate, que deu tempo de eu encontrar um amigo mais velho, que já havia terminado o ensino médio e ele juntou outros amigos dele e foram intervir na situação por mim de igual para igual na situação covarde que haviam me colocado.

Eu encontrei minha namorada que me recebeu na casa dela enquanto eles resolviam a situação. E foi decidido que eles teriam de me deixar em paz. Enquanto isso na casa da minha namorada não havia mais ninguém e a gente transou, o que foi minha última relação amorosa com ela.

No dia seguinte, após a aula, eu estava jogando futebol e o inspetor me chamou e me levou até a sala da coordenação. Quando cheguei à sala já estava minha mãe, a mãe de cada um dos cinco, minha namorada, a mãe da minha namorada, a supervisora, a coordenadora e a diretora. Só faltava o principal do encontro, eu que acabava de chegar com o inspetor. E não à toa caíram matando contra mim.

No começo tentei me defender, mas percebi que era inútil. Então fiquei quieto até o final do julgamento. E como eu era bom em informática, tive de fazer uma página em um site me retratando com todos. E eu fiz e divulguei. Porque, além de tudo, ainda tive essa oportunidade de mostrar minha inteligência e mostrar que sabia fazer o que mais ninguém ali sabia.

Depois de um tempo, passada essa crise, depois que a poeira baixou, eu refleti muito sobre tudo que havia acontecido. Inclusive sobre o que havia acontecido no dia do tumulto no colégio. E sobre aquilo tudo ter acontecido. E sobre o risco que eu corri e o risco que fiz outras pessoas ao meu redor correrem.

E pensei muito sobre o porquê de aquilo tudo ter me excitado. E lembrei-me do momento em que eu me deleitava na biblioteca, de eu me colocar em foco das atenções, de ser popular, de estar no centro, de atrair as atenções, de ser hedonista, das várias garotas que eu iludi ficando com mais de uma ao mesmo tempo. E vi que fiz aquilo tudo por um desespero meu, por um egoísmo, por narcisismo.

E o pior é que eu não sentia culpa alguma por tudo que fiz. E faria tudo de novo porque não estava arrependido. E só não faria de novo porque o que mais me fez refletir foi o principal motivo de ter feito tudo isso que fiz. E não cheguei à outra conclusão se não que fiz para conseguir a atenção não de muita gente, não para ser popular, não para ser visto como um "macho alfa", não para ser visto como valente, não para ser visto como forte, não para ser visto como garanhão.

Eu fiz o que fiz para conseguir atenção exclusiva da única mulher que eu amava, mas que havia me negado o amor de mulher. O momento de nós dois sozinhos novamente no local onde tudo começou foi um alerta para minha consciência. E cheguei à conclusão de que eu haveria de ficar solteiro para ter chance em ficar com ela. Então terminei o namoro.

Não foi fácil para minha namorada, ela chorou, ela continuou insistindo, acabou que nos beijamos outra vez. Mas já estava decidido. Eu sabia muito bem o que eu queria e já havia tomado consciência do que eu não queria. Eu não queria ser a atração principal, eu não queria ter várias garotas, eu queria ser companheiro da mulher que eu verdadeiramente amava e que me havia negado seu amor de mulher.

E para isso tentaria outra tática porque a tática que eu usei foi desastrosa, foi inconsequente, foi egoísta, fui manipulador, magoei muita gente. E, apesar de não sentir culpa, a luz que ela me trouxe de volta em nosso templo, sua preocupação comigo na biblioteca, tinha deixado ficar mais que claro que ela ainda me amava e muito, apesar de muitos me odiarem e quererem o meu mal e me fazer mostrar o meu lado sombrio, ela foi quem demonstrou amor incondicional, apesar de todo mal que causei e o restinho de chance que havia de esperança em reconquistá-la.

ESTOU PENSANDO EM CASAMENTO, MAS NÃO POSSO ME CASAR

A primeira vez que pensei em casamento foi com ela. E apesar de,mais velho, ter ficado noivo, foi só impulsividade mesmo. Então eu diria que a única vez que pensei em casamento, até hoje, foi com ela. E veja que ironia, nós nos casamos quatro vezes.

Eu odeio a idéia de dançar, movimentar o corpo no ritmo da música, já dancei em algumas ocasiões, mas ou estava alcoolizado ou porque fui praticamente obrigado. Mas eu adorava festa junina. E adorava desde a infância. Mas comecei a amar mesmo no ensino médio.

Porque, como já disse, ela era minha dupla em tudo. Então o ensino médio todo nós fomos casal nas danças de festas juninas. Inclusive, após terminar o ensino médio, nos chamaram para dançar com o a turma que ainda cursava porque eram meios desanimados.

E ela veio de longe, de outro estado para dançar comigo nessa festa junina. Não começamos como par na quadrilha, mas terminamos juntos e nos casamos novamente, pela quarta vez. Ganhamos prêmio de melhor quadrilha e tudo.

Digo isso porque, apesar de eu insistir num relacionamento sério com ela e ela negar, nada mudava. Continuávamos melhores amigos. E para desencanar da ideia, acabei me relacionando com outras garotas, que ela inclusive conhecia e tinha amizade. E nesses relacionamentos fui tendo intimidade sexual, me conhecendo, compreendendo sobre relacionamentos, era legal até.

Mas meus relacionamentos não duravam muito tempo. Eu sempre inventava uma desculpa e terminava. Porque a verdade é que eu não conseguia esquecê-la. E essa verdade eu escondia a sete chaves. Pelo menos tentava. Mas acho que as pessoas no geral conseguiam ver. Eu só não assumia que terminava os relacionamentos para tentar novamente com ela.

Um dia ela me enviou um formulário que seria um teste, veja só, uma pessoa inteligente como eu, fera em informática, programador HTML e em Java Script, aprendendo PHP, não consegui prever a malícia por trás do que ela me enviou.

Ela havia chegado à conclusão de que podia ser sacana comigo. O teste perguntava coisas muito pessoais como quem você faria sexo por amor, sexo por excitação e coisas assim. Eu respondi o teste. E cliquei em enviar. Mas o formulário com minhas respostas foi direto para o e-mail dela.

E obviamente havia respondido que faria sexo por amor com ela. Eu fiquei mais sem graça por ter caído na pegadinha. Como já disse com ela eu me sinto diferente daquele cara malandro, eu me humanizo e passo a acreditar no amor. Mas foi bom porque foi uma forma de dizer que a amava. Por um formulário malicioso, achando que só eu iria saber, mas eu consegui dizer que a amo.

E de certa forma foi libertador. Afinal, eu já não aguentava tentar esconder. E até tive algumas oportunidades passageiras de beijá-la que deixei passar e a deixei frustrada. Até entendo ela com a leitura de mundo através da empatia que ela me ensinou.

Devia ser meio confuso eu beijar tantas garotas, ter relações com algumas e apesar de ela ser muito especial para mim, eu esconder isso e não deixar transparecer. Seria estranho de uma hora para outra eu dizer isso em palavras, verbalizar.

Eu nunca fui muito de verbalizar. Eu escrevi algumas cartas para ela em que eu até dizia que a amava. Mas pessoalmente nunca disse "Eu te amo!". Era meu maior desejo e maior medo. Como já disse, tinha grandes chances de ela dizer isso de volta. E o que eu faria disso?

Também recebia cartinhas na hora do recreio com certa frequência, de outras garotas, quando eu não estava namorando. E depois do recreio a aula era de português e a professora me flagrava lendo as cartinhas. E ela sempre pegava para ler e brigava comigo que não era "hora de ficar namorando".

Nas redações que a professora corrigia, ela sempre lia a melhor redação como exemplo. E eu gostava de escrever e nunca que ela lia uma minha. Até que esse dia chegou. Mas não era bem a melhor redação. Ela leu para apontar erros como eu não escrever até o final da linha e usar o traço para continuar a palavra na linha de baixo e outros erros bobos.

Hoje em dia você escreve tudo no editor de texto e depois justifica o texto e está tudo certo e naquela época eu já estava bem a frente e já escrevia assim.

Um dia eu escrevi uma cartinha de amor para a professora de português que falava mais ou menos sobre esse contexto. Eu escrevi algo sobre como eu saber que não sou bom em escrever, mas o que escrevo é com amor e que a amava. Esperei terminar o recreio e abri a cartinha bem na frente dela. E ela, como de costume, irritada com minha audácia de sempre, pegou e foi ler.

Ela ficou encantada! Percebi emoção nela através da reação da turma. Não à toa que fiquei de quinta nota em português no terceiro ano do ensino médio e tirei exatamente a pontuação mínima que eu precisava para passar. Ou era isso ou eu repetia o ano todo. Bem que dizem que "Deus escreve certo por linhas tortas" e ela era, sem dúvida, a professora mais religiosa do colégio.

 Minha melhor amiga também teve seus relacionamentos que não iam para frente. Eu sentia muito ciúme, mas não exatamente por ela se relacionar com outros. Porque até então eu também fazia isso, e éramos só amigos mesmo.

Meu problema era com a possibilidade de dar certo algum relacionamento dela. Isso sim me causava angústia. Um deles parecia que estava dando certo, eu pensei que ela fosse se casar com ele. Eles chegaram até viajar para o país em que ele morava para apresentar ela a sua família. Ele era cadete na Academia Militar das Agulhas Negras na minha cidade, Resende, no Rio de Janeiro.

Foi o momento que eu mais sofri. Mas até mesmo ela em outro país com ele, ela pensou em mim e me trouxe uma lembrança, um "regalo" que tenho até hoje.

Cheguei a escrever uma cartinha de amor para ela, mesmo ela estando com ele, eu precisava tentar, não podia perdê-la para sempre. Mas mal sabia que não seria ele que nos separaria.

Eles terminaram, ele voltou para seu país de origem. O que nos separou foi um abismo entre o que parecia ser e entre o que era para ser, foi uma guerra fria, uma relação sem delimitação de sentido, uma falta de responsabilidade em assumir nossos lugares na vida do outro, foi um vazio sem resposta que eu tenho até hoje.

PROCURE-ME EM QUALQUER CONFUSÃO

Finalmente chegou o tão esperado fim do ensino médio, chegou a formatura, a grande festa de encerramento de um ciclo, a despedida para muitos, a decisão do curso de faculdade, a decisão do futuro, o início a percorrer a uma carreira.

Chegaram junto também as indecisões, as angústias, a ansiedade, em forma do novo, das possibilidades. E chegou a hora que ela se afastaria de mim. E isso era o mais aterrorizante. Nós havíamos passado mais tempo juntos do que com nossas famílias. Nós não desgrudávamos. E romper esse laço traria consequências para mim que me afastariam do meu lado altruísta e me aproximaria da minha autodestruição.

Eu não tinha muitas possibilidades de escolha. Meus pais não tinham dinheiro para me bancar fora da cidade e ou ainda pagar por uma faculdade de medicina. Mas eu já entendia isso e meus sonhos foram moldados sob minha realidade.

Eu gostaria muito de cursar Psicologia e Marketing, como já havia escrito em uma redação na aula de Português. Mas na cidade ainda não tinha o curso de Marketing e o de Psicologia era caro, eu não tinha direito a desconto e o financiamento estudantil ainda não era uma opção tão próxima.

Então fiz vestibular para Sistemas de Informação na própria instituição que cursei o ensino médio, pois era muito bom em informática. E em outra Universidade privada e nesta como segunda opção, eu escolhi o curso de Educação Física, pois sempre fui muito ativo e gostei muito de esportes.

Porém não abriu turma para Educação Física. E entre as duas faculdades, a instituição que eu cursei o ensino médio eu teria um belo desconto por minha mãe ser servidora pública do município. Eu ainda tinha dezessete anos e não queria perder tempo sem continuar estudando e fui levado a escolher o curso de Sistemas de Informação.

Afinal não era eu quem iria pagar no começo, nem mesmo fui eu o responsável por fazer a matrícula, pois ainda não havia completado a maioridade.

Meu grande amor tinha escolhido cursar uma faculdade em outro estado, menos distante do local de trabalho do pai dela. Então fomos nos despedindo a cada encontro até o momento de sua partida com sua família sem dizer uma palavra sobre nossa separação.

Nosso último trabalho de escola juntos foi na matéria de Sociologia que foi um momento de maior intimidade entre nós, antes da formatura, antes dela partir.

O trabalho era sobre religião em nossa cidade. Então fomos de igreja em igreja, Católica, Evangélica, de diversas denominações, em centros Kardecistas, centros de Umbanda, Candomblé, em seitas e toda religiosidade existente em Resende.

Entregamos o trabalho que nos empenhamos muito e de certa forma o trabalho nos uniu mais. Após o trabalho, ela me convidou a frequentar um centro Kardecista. Ela já havia tirado carteira de motorista, pois já havia completado a maioridade. E toda quarta passava em minha casa que ficava numa avenida que levava o sobrenome dela para me buscar para irmos ao centro.

Honestamente nessa época já não acreditava em Deus. Mas sem dúvida se sentar ao lado dela, em silêncio, por mais de uma hora, como se fossemos um casal, uma vez na semana, ouvindo alguém falar sobre a vida me trazia paz.

Ainda mais em um momento em que minha mente andava tão turbulenta com a ideia de ficar longe dela. Ao final da palestra, havia o ritual do passe, que é um ritual de cura espiritual e voltávamos para casa conversando no carro.

Se Deus existe ou não, não muda nada, pois ao lado dela me sentia bem, ela me trazia luz, me trazia paz para meu interior tão cheio de trevas. Eu via o convite dela para esse momento como um carinho, um afago, um cuidado especial, uma forma de ela dizer que me amava.

Um dia ela decidiu dar uma volta e contou uma mentira para os pais de onde iria. Ela disse que iria próximo à casa dela, onde havia um encontro de amigos em um apartamento. Mas ela passou em minha casa para me buscar e fomos dar uma volta, longe do local onde ela disse aos pais que iria.

Logo em seguida, uma viatura com dois policiais nos parou e pediu para ver os documentos dela. Ela entregou a carteira de motorista e não tinha o documento do carro na hora. Eles a questionaram estar sem óculos e na habilitação descrevia a necessidade dela em usar óculos para dirigir.

Um dos policiais me chamou para fora do carro e veio com uma conversa mole e pediu dinheiro. Eu com sete anos de idade, eu já teria o intelecto maior do que o de um policial corrupto, com dezessete então foi fácil dar a volta neles.

Falei que conseguiria o dinheiro, que havia amigos em um apartamento e que eles fariam uma vaquinha para ajudar porque a gente não tinha o dinheiro ali. E pedi a eles que nos seguissem em sua viatura. Como um excelente jogador de xadrez, matei dois problemas em uma jogada só.

Pedi para ela estacionar o carro em frente ao prédio do apartamento em que se encontravam os amigos dela, que foi onde ela disse aos pais que iria. E fomos até o apartamento enquanto os policiais corruptos nos esperavam na viatura em frente ao prédio.

No apartamento, pedi a ela que ligasse para seus pais e contasse que foi parada e que pediram a documentação do veículo. Quando os pais dela chegaram ao local, nós descemos, os pais dela entregaram o documento do veículo e os policiais então foram embora.

Afinal, eles não se entregariam como corruptos a uma família de bem da classe média. Então ela não ficou mal com os pais porque o carro estava estacionado exatamente onde os pais esperavam dela que estivesse e não precisamos pagar propina de final de ano aos policiais corruptos de merda que rebaixam a instituição a que servem.

Mas claro que os policiais não deixariam minha sagacidade barata. Pois eles que se acham tão espertos, levaram um tombo de um adolescente de dezessete anos. E um dia andando com meu primo, que hoje é sargento do Exército e com um grande amigo de infância pela avenida, a viatura com os dois policiais me avistou quando vinham na mão única da via, enquanto nós andávamos pela calçada na contramão da via.

Eles acenderam o giroflex da viatura e a sirene e mandaram a gente encostar. Eu comecei a correr nacontramão da via por aonde já íamos e gritei para meu primo e meu amigo para correrem. Nós três nunca corremos tanto. E os babacas ficaram mais uma vez a ver navios, afinal não tinham como fazer o retorno e havia outros carros atrás deles querendo passagem.

Depois disso desistiram de vir atrás de mim. Talvez eles tenham pensado que era melhor de três e como já haviam perdido duas vezes para o exímio jogador de xadrez, deram por perdido.

No dia da mudança dela, eu resolvi escrever uma carta de despedida correndo. Eu não aceitava sua partida. Eu tinha medo da solidão que eu viveria. Ela era minha companheira, minha parceira, minha cúmplice, minha amiga, o amor da minha vida.

Lembro com muito carinho de uma de nossas brincadeiras preferidas. Eu a pegava no colo em cima do gramado e rodávamos até ficarmos tontos e caíamos na grama rindo como se o mundo fosse nosso, um mundo em que só havia felicidade e amor.

Depois de escrever a carta de despedida, tomei coragem, peguei minha bicicleta e fui correndo entregar pessoalmente e me despedir. Ao chegar a sua residência, encontrei os portões abertos, escancarados, todas as portas abertas e observei que a casa estava tão vazia quanto o vazio que existia em mim pela partida dela.

Encontrei sua mãe e sua avó no fundo da casa e perguntei por ela. Elas me disseram que ela já havia partido com o pai e que depois as duas iriam embora. Aquilo partiu meu coração, meu mundo desmoronou.

E mais uma vez, a luz que ela trouxe para dentro de mim, se apagava e o anjo que havia subido outra vez, novamente caiu. E dessa vez a queda seria muito mais brutal, muito mais profunda. E ela não estaria mais ali para tratar da ferida aberta que me deixava escapar a luz.

E dali para frente eu estava sozinho e altamente perigoso e autodestrutivo. Uma bomba atômica prestes a ser detonada. E certamente atingiria todos que estivessem à minha volta.

APENAS UM RAPAZ LATINO-AMERICANO

Aos dezessete anos, quando iniciei a faculdade de Sistemas de Informação, procurei uma psicóloga. Não pelo sofrimento e angústia da separação que havia acabado de acontecer. E não estou em negação. Como um bom antissocial, ninguém deveria saber da minha vida mais que eu e na verdade eu tinha segundas intenções.

A primeira intenção era saber melhor sobre o trabalho de um psicólogo, pois queria fazer faculdade de psicologia. A outra intenção, claro, era me gabar de toda minha vida durante a adolescência e meus feitos.

Então ela me encaminhou a uma neurologista infantil que fez uns testes em mim e percebeu uma alteração na minha atividade cerebral. Por fim, ambas chegaram à conclusão de que eu tinha o Transtorno de Déficit de Atenção com Hiperatividade e Impulsividade, o tão conhecido TDAH.

Então foi me receitado um medicamento muito popular, chamado Ritalina. E nunca mais voltei na psicóloga, pois já tinha conseguido o que queria. E percebi que psicologia não seria tão interessante cursar e aceitei melhor a única opção que eu tive que era cursar Sistemas de Informação.

Tomei os remédios por um tempo. Afinal que mal faz um estimulante quando se está entediado e sofrendo pela dor de uma separação? Depois de um tempo também parei de tomar porque eu já sabia da minha condição mental e sabia que aquilo que fizeram comigo, fazem com milhões de pessoas mundo a fora pela lógica da medicalização financiada pelas indústrias farmacêuticas.

Logo no primeiro ano da faculdade, em 2005, fiz um teste para um curso gratuito de teatro da cidade e fui aprovado. O curso era muito mais estimulante que a faculdade, afinal, o primeiro ano não trouxe desafio nenhum, eu queria logo aprender a criar programas.

Fiz o curso completo de iniciação o teatro e ao final apresentei um esquete na Fundação Casa de Cultura Macedo Miranda. No ano seguinte, abriram vaga para um festival de esquetes com premiação. Eu me inscrevi junto a minha dupla no esquete que já havia apresentado. E me inscrevi também em outro esquete de humor, junto a um amigo que estudou comigo no ensino médio e um colega de faculdade e um esquete com uma colega linda que conheci na faculdade.

Neste Festival de Esquetes Prêmio "Altamiro Pimenta", eu fui premiado como Melhor Ator Coadjuvante. No dia da premiação, pediram que eu repetisse o jargão do esquete que eu havia sido premiado. Como gosto de causar desconforto nas pessoas, me neguei a repetir, houve um silêncio, recebi o prêmio, logo saí do palco e continuaram entregando as premiações.

Ouro de tolo, porém pela visibilidade que ganhei com as apresentações dos esquetes, fui convidado a participar de um processo seletivo de um grupo que se reunia para organizar, um sábado ao mês, um encontro com os jovens da cidade para debater diversos temas transversais da educação com a coordenação de uma psicóloga e um psicólogo. Convidei meu amigo do ensino médio também a ir comigo e ambos fomos aprovados na seleção e começamos a participar do grupo.

Então aquela ideia de psicologia de consultório da experiência que tive foi mudada pela atuação desses dois profissionais e o sonho em fazer a faculdade de Psicologia voltou. Pois eles utilizavam técnicas de dinâmica de grupo para promover debate e a espontaneidade que o grupo traz sim me motivou a querer trabalhar como psicólogo porque atender em consultório para mim era uma ideia muito entediante.

Este grupo de debate entre jovens me fez aproximar mais desse meu amigo de ensino médio. E em retribuição a eu ter o chamado a ele para o projeto social de debate entre jovens, ele conseguiu uma entrevista de emprego em que no primeiro momento aconteceria em grupo.

E eu prontamente imprimi meu currículo e apareci no dia tentando entrar para o processo de seleção mesmo não tendo sido chamado e deu certo. O final dessa história é que ambos fomos contratados para trabalhar oferecendo linha de crédito pessoal como promotor de venda, captando clientes na rua que não eram clientes do banco dono da financeira para qual trabalhávamos para que futuramente eles também se tornassem clientes desse banco.

Logo no primeiro mês já bati as metas. E fiquei na mesma posição que os veteranos. Aliás, ainda melhor que alguns. E isso incomodou meus colegas veteranos que ficaram atrás da minha posição. Ali percebi que havia um espírito de competição muito forte. E eu não queria entrar nessa onda de deixar banqueiro mais rico.

Primeiro que não valia o salário pelo trabalho que eu tinha de fazer. Segundo que eu não ia dar mais lucro para quem explora a classe operária e vive de privilégios aproveitando uma vida que eu sabia que nunca teria igual.

Eu só queria sossego,então dali adiante eu fiz meu trabalho, mas sem me desgastar por aquilo. Afinal eu estava perdendo. Meu salário ia todo para pagar a faculdade, o transporte e o almoço e quando sobrava algo, uma sessão de cinema, cigarros, maconha e umas cervejas.

Fora que todo o dia, por trabalhar em outra cidade, eu chegava atrasado às aulas da faculdade. O mais interessante daquele trabalho era fazer amizades. A melhor parte era o horário do almoço. Almoçava rápido para ter mais tempo livre para não fazer nada.

Alguns colegas fumavam. E como na adolescência, aos dezesseis anos, eu experimentei um cigarro porque comprei quatro cigarros a varejo para colocar em bombas nos banheiros do colégio para que explodissem enquanto eu não estava por perto, sobrou um e eu dividi esse cigarro com um amigo enquanto caminhávamos para um bairro para encontrar outros colegas para fumar maconha.

Então durante os horários de almoço do trabalho, criei o hábito de fumar também. E esse hábito se estendeu para os momentos em que eu esperava o ônibus fretado que demorava muito por causa do trânsito no horário de pico. E foi se estendendo, passei a fumar também no horário do intervalo da faculdade, na saída da faculdade, até que se tornou um vício. Passei a depender quimicamente da nicotina, já fazia parte do meu comportamento e dependia psicologicamente do cigarro pela frustração que a vida de adulto que o sistema elitista mantém através da classe média que sonha em ser rica, mas está mais próxima a miséria do que a riqueza.

E o cigarro ocupou o lugar na minha solidão pela separação brusca da minha sempre companheira e amiga. Minha autodestruição não parou por aí, como já bebia na adolescência, passei a beber aos finais de semana com a galera do trabalho, pois trabalhávamos sábado.

Cheguei a vomitar pela janela do ônibus voltando para minha cidade. Fora o uso da maconha recreativa enquanto estava com a galera que gostava de fumar nas festas.

Teve um mês em que ninguém estava batendo as metas diárias. E o coordenador da financeira nos desafiou. Quem não levasse nove clientes para loja estaria demitido. Ninguém me explora com um desafio imbecil. Eu fiquei o dia inteiro parado sem abordar ninguém. Quase fechando a loja uma pessoa me abordou, a qual já havia abordado dias antes e me disse que gostaria de fazer seu cadastro.

Foi essa única cliente que levei aquele dia. Todos os outros levaram os nove clientes ou mais. No dia seguinte, cheguei no horário certo, subi as escadas até o vestiário, troquei a roupa, desci normalmente para bater o ponto e fui chamado na sala da coordenação para assinar minha demissão. Estava livre das correntes que assinou minha carteira de trabalho no dia da Lei Áurea.

Não levou muito tempo e um colega de faculdade havia recebido uma promoção, deixaria de ser estagiário e seria contratado como funcionário, ou colaborador, como enganosamente gostam de chamar o proletariado para que ele se sinta mais motivado a literalmente colaborar com sua exploração.

Então marcaram uma entrevista, fiz a entrevista, me saí muito bem e logo comecei o estágio que pagava muito melhor do que a financeira e trabalhava menos. Eu ficaria responsável por cuidar do controle de acessos da fábrica automobilística na cidade vizinha à minha.

E logo no primeiro dia vi uma pilha de documentos na mesa que seria minha e eu teria de dar entrada no sistema de controle de acessos. O trabalho que duraria pelo menos uma semana eu terminei em algumas horas. O coordenador do setor entrou na sala, que nem janelas havia, por ser o centro de segurança e intervenção da fábrica, e viu que a pilha de documentos havia sumido e me questionou.

Eu respondi que havia dado entrada delas no sistema e recebi meu primeiro elogio. Na segunda semana eu já estava entendendo melhor como funcionavam os serviços do setor e o processo que passava aquela documentação até chegar a minha mesa e depois finalmente ser arquivada num arquivo gigantesco que cobria uma parede de mais de dez metros em várias pastas, em várias estantes.

E percebi que, quando um funcionário de uma empresa terceira pedia o acesso à fábrica, esta documentação teria aquele final para caso ele processasse sua empresa e junto processasse a fábrica, o setor jurídico pediria cópia das documentações dele para se defender juridicamente.

E como achar uma ficha de um funcionário terceirizado dentre tantas fichas e tantas pastas de várias empresas naquela bagunça? Foi então que eu organizei em ordem alfabética, empresa a empresa e dentro de cada pasta de cada empresa, organizei também em ordem alfabética as fichas dos funcionários por nome.

E isso tornou o processo muito mais rápido, o serviço de enviar ao setor jurídico a cópia da ficha do funcionário terceirizado. E fiz isso em apenas uma semana. E então recebi mais um elogio. Fora que antes os funcionários terceiros eram barrados constantemente na portaria por não conseguir passar o crachá porque não haviam dado entrada no sistema e isso gerava lentidão e incluía custos e tempo, como ter de ligar para o gerente responsável pela empresa terceira contratada.

Comigo esses problemas foram anulados. E aos poucos fui assumindo mais espaço no setor e sendo visto como um excelente estagiário. Fora a agilidade no conserto de problemas físicos que os equipamentos passavam por serem muito ultrapassados e a empresa não querer investir em um sistema mais avançado.

E ainda fazia um trabalho de prevenção de manutenção com relatório diário. Quando fiz um ano de estágio, fui até a minha supervisora direta e dei a cartada. Disse que completou um ano de estágio e que ou me contratassem como funcionário do setor ou no dia seguinte não voltaria mais para trabalhar.

Eles tinham o direito de renovar o meu contrato por mais um ano e eu continuar sem ganhar direitos trabalhistas. Foi um choque para ela, pois ela era do tipo que controlava tudo e gostava de mandar. Ela me disse que muitos gostariam de estar no meu lugar e que eu não deveria ter feito isso. Mas foi conversar com o chefe direto dela e contar o que eu fiz.

Como o setor administrativo da fábrica estava em férias coletivas, o coordenador, chefe dela, pediu para que eu continuasse como estagiário e assim que retornasse as atividades administrativas eu seria contratado com carteira assinada formalmente, como colaborador.

Então após tornar-me funcionário direto da multinacional, participei de um projeto de implantação de um novo sistema de controle de acessos da empresa no Brasil. Além disso, era constantemente chamado a prestar consultorias de informática em outros setores. Pois eu entrei de cabeça no envolvimento com a empresa. Como estagiário, recebia um pouco mais que um salário-mínimo. Eu como funcionário da empresa, mesmo tendo somente o ensino médio, por enquanto, passei então a receber quatro salários-mínimos, mais um salário-mínimo pelo tanto de horas extras que fazia.

Mas lógico que isso tinha consequências. Por exemplo, meu rendimento na faculdade havia caído muito. Quase todo dia chegava atrasado, quando conseguia ir. Fora os dias que estava tão exausto e estressado com a pressão que é trabalhar na indústria, que acabava não indo às aulas.

E os dias que ia para faculdade, mas só queria ficar de papo com os amigos fora de sala de aula para socializar, pois minha vida social havia sido comprada. Fora que pelo estresse, passei a ter insônia e muita das vezes ia virado trabalhar ou dormia no máximo quatro horas. E com isso tive de recorrer à maconha. Passei a dar uns tragos a noite para relaxar e conseguir dormir.

No cenário mundial iniciou-se uma crise nos Estados Unidos pela "Bolha Imobiliária" que atingiu o mundo todo, principalmente a Europa. E como a multinacional que eu trabalhava era europeia, respingou nas filiais dela no Brasil.

As leis trabalhistas foram alteradas. Demitiram o Diretor de Recursos Humanos da empresa, contrataram uma Diretora especialista em demissão em massa e terceirização e ela começou a cortar o efetivo da empresa no Brasil começando pelos gerentes e isso logo chegaria até o chão de fábrica.

Eu tinha tudo para terminar a faculdade e conseguir uma promoção na empresa. Todos elogiavam o meu trabalho e minha dedicação. Mal sabiam eles que o que tinha dentro de mim era uma dor insuportável de separação de quem eu amava. E uma frustração por não poder seguir carreira no meu sonho de infância que era a medicina, pois já era difícil eu sendo filho único e ainda em 2000 nasceu minha irmã e em 2003 nasceu meu irmão.

Frustração também por não poder nem realizar um sonho mais palpável de fazer Psicologia e Marketing. Então trabalhar que nem louco e me enfiar de cabeça foi o jeito que achei de sublimar toda essa angústia que me corroía.

E agora, além do estresse que é trabalhar na indústria pelo excesso de trabalho, havia ainda a angústia da eminente demissão, a angústia das dívidas que eu havia acumulado, pois tirei duas semanas de férias no Caribe, na Riviera Maya, em Quintana Roo no México em um curso de espanhol. Havia comprado um notebook bom o suficiente para terminar minha faculdade que já iniciaria o último ano e necessitaria de instalar programas avançados. Havia comprado carro.

Ou seja, tudo isso estava acumulado em mim e eu tinha me tornado uma bomba atômica que uma hora explodiria. Então para tratar todos esses problemas, precisei me anestesiar e antes, a maconha que eu dava uns tragos somente para tratar da insônia e conseguir dormir, eu passei também a usar antes de ir trabalhar e depois que eu voltava do trabalho. E recreativamente com os amigos em momentos de festas. Continuava usando para dormir.

Um dia, sem alerta algum, toda a equipe em que eu fazia parte, foi avisada que passaríamos pela área de Recursos Humanos para assinar a demissão. E ao mesmo tempo assumiram nossos lugares outros funcionários terceirizados ganhando menos da metade que ganhávamos. Então o relógio da bomba atômica foi ativado.

MILÍCIA PARA QUEM PRECISA

Foi muito difícil passar, de repente, de uma vida muito ativa para uma vida em que nada acontecia. Para piorar a situação, ao invés de eu pegar todo o dinheiro da rescisão e acertar parte das minhas dívidas com o banco, eu decidi investir e mandei fazer um muro no terreno que meus pais tinham, que após foi construída uma casa de cinco quartos.

Então acabou que me enfiei numa enrascada maior ainda em curto prazo. Fora que durante cinco meses eu passei a receber um pouco mais de um salário-mínimo e não consegui concluir a faculdade de Sistemas de Informação. Tive de terminar um namoro com uma moça gente boa, inteligente, educada, simpática e lindíssima porque não morávamos na mesma cidade mais.

Minha namorada na época passou a cursar a faculdade em Minas Gerais, em Ouro Preto, os pais dela mudaram de Resende para São José dos Campos, os únicos parentes dela que moravam em minha cidade eram os avôs. E ter dinheiro para o deslocamento era essencial para continuar o relacionamento.

Por fim, entrei em depressão. Passei a fumar mais maconha para anestesiar a realidade entediante, a ponto de comprar toda semana cinquenta reais, ou por volta de doze gramas de maconha. Às vezes comprava cem reais na semana. Fora que sempre ia com meu amigo, que batalhamos juntos o primeiro emprego, comprar e ele comprava a mesma quantia. E como estava sempre comprando, às vezes outros amigos pediam para a gente comprar para eles também e nos davam o dinheiro. Nunca lucrei com isso, só fazia o favor. Às vezes comprava para seis me incluindo. Ou seja, trezentos reais ou mais por semana.

Eu e meu amigo nos tornamos bons companheiros e todos os dias nós jogávamos na praça várias horas de xadrez, ficamos muito bons no jogo. Cheguei a participar de um torneio em minha cidade. Não fui ao primeiro dia do torneio, no segundo dia ganhei todos os jogos e já fui classificado para a final, não fui ao terceiro dia e deixei para lá a final, pois estava tratando da minha saúde mental no meio a natureza no alto dos Três Picos no Parque Nacional do Itatiaia.

E o curioso disso tudo, é que eu e minha amiga, mesmo longe um do outro, ainda estávamos em sintonia, pois ela cursava medicina e na faculdade eles tinham um clube do xadrez em que ela era bastante ativa. Só fui saber disso depois porque nos distanciamos e não nos falávamos mais apesar da facilidade da internet.

Um dia indo para uma festa em outra cidade acendi um charuto de maconha dentro do carro, mas não contava que na saída da cidade tinha uma blitz da polícia com três viaturas e seis policiais. E meu amigo e eu fomos parados.

Perguntaram se eu tinha maconha, prontamente respondi que sim, afinal o cheiro não me deixava negar. E então começaram a revistar o carro. Acharam o cigarro de maconha que já havia acendido e mais seis cigarros enrolados e mais um pouco de maconha solta numa lata no carro. Eles fizeram a gente tirar os tênis para ver se achavam mais. Começaram a fazer um monte de perguntas. Insinuaram que eu traficava maconha na faculdade. Falaram que iriam abrir a mala do carro e encontrariam mais maconha e armas.

Enfim, fizeram uma pressão psicológica básica para então fazer um acordo. Eu não disse nada. Eles me propuseram que eu pagasse trezentos reais, o que daria cinquenta reais para cada policial. Eu disse não ter toda quantia ali na hora e pelo horário eu não conseguiria sacar.

Foi então que combinaram um dia e um horário de se encontrarem comigo. E me ameaçaram que se eu não aparecesse me prenderiam como traficante porque achariam mais maconha comigo e já tinha o modelo e a placa do meu carro e haviam marcado minha cara. Tudo isso porque um miliciano que estava no bar que eu estava com meu amigo ouvindo nossa conversa nos entregou de bandeja para a polícia que armaram a blitz. E só fizeram isso porque eu tive a audácia de fumar maconha na faculdade dos donos militares.

Eu não tinha ensino superior completo, afinal não consegui terminar a faculdade de Sistemas de Informação, ou seja, iria para uma cela comum. E todo mundo sabe que quando você vai preso, mesmo que você não tenha envolvimento nenhum com qualquer facção, na hora você tem de escolher uma.

Então, no dia combinado, na hora combinada, apareci com o dinheiro que faltava para os policiais. Parou um carro descaracterizado ao lado do meu, um dos policiais que estava no dia da blitz estava no banco de carona e, quem dirigia, claramente não era policial, pelo corte de cabelo e pelos fiapos de barba.

O policial corrupto abaixou o vidro, pediu para eu abaixar o vidro de trás do meu carro, pois era escuro, então pegou o dinheiro que entreguei para ele e me devolveu minha lata com a maconha.

Dias depois, num dia em que fui comprar maconha, o mesmo carro que apareceu para cobrar a propina de mim, estava estacionado em frente ao prédio de quem me vendia maconha. E o mesmo rapaz que dirigia o carro naquele dia para o policial, fingia trocar a roda de seu carro, que claramente o pneu não se encontrava furado e ele falava ou fingia que falava ao telefone com alguém.

Passou um tempo e o meu fornecedor de maconha foi preso. E no dia que ele foi preso, eu não fiquei sabendo na hora e acabei ligando para ele diversas vezes do meu próprio celular, pois queria comprar mais.

Eu estava muito ferrado, porque se eu fosse preso, mesmo que injustamente, iria preso em cadeia comum, em cela comum, sem dinheiro para pagar um bom advogado. E já estava afundado em depressão, tinha perdido um bom emprego, já havia enviado diversos currículos, por diversos meios, a diversas empresas e não havia recebido sequer uma ligação.

Ficaria marcado como ex-presidiário o resto da minha vida e seria muito mais difícil conseguir emprego. Fora o inferno que eu viveria na cadeia e o desgosto que daria aos meus pais. E jamais teria chances em pensar em qualquer tipo de relacionamento, até mesmo continuar a amizade com o amor da minha vida. Então eu literalmente pirei, surtei, deixei de fumar maconha e procurei ajuda de uma psiquiatra porque o contexto estava me causando ataques de pânico e tive de ser sedado por três vezes em hospital porque estava ficando paranoico que é o que acontece quando não se dorme bem, não se alimente direito e está sob intenso estresse.

EU POSSO PENSAR QUE DEUS SOU EU

Ao mesmo tempo em que tudo isso acontecia, havia sido aprovado em um concurso pela prefeitura para trabalhar com adolescentes e jovens. Recebi o telegrama de convocação, escolhi a vaga e passei pela Saúde Ocupacional da prefeitura. O médico do trabalho perguntou se eu fazia uso de algum medicamento contínuo. Então relatei fazer uso e foi solicitado um laudo psiquiátrico. Levei o laudo da médica psiquiatra que me havia atendido uma única vez e que dizia "surto psicótico agudo por uso de canabinoides". E a medicina do trabalho da prefeitura me declarou como "inapto físico/mental".

Você deve estar pensando "coitado, estava deprimido por não estar trabalhando e perdeu a vaga", ou "bem-feito, fez merda então tem de pagar pelo que fez", ou "se foi declarado inapto é porque não bate bem mesmo, a prefeitura está certa", ou "se usa maconha não pode assumir a vaga mesmo".

Mas se você joga xadrez, você sabe que às vezes é preciso dar uma peça ou mais para assumir o controle do jogo. Além de estar deprimido por ter perdido o emprego, por ter me afastado do meu amor, da minha melhor amiga, eu também estava preocupado em ser preso e, o pior, em cela comum.

Se o pior acontecesse e eu fosse preso injustamente como "bucha de canhão" e durante o processo em ter de provar minha inocência eu levasse um laudo psiquiátrico com a data após a data de prisão, certamente teria muito menos valor do que se eu levasse um laudo com a data anterior à prisão e que ainda me fez perder uma vaga num concurso.

Então foi decisiva a ação que tomei em relatar fazer uso de medicamento contínuo. Pois o juiz teria mais segurança em julgar favorável a mim com um laudo dizendo que eu era "louco" e ainda usuário de maconha e não traficante.

E pelo menos não ficaria em uma cela comum, em uma prisão comum. Fora que a minha médica psiquiatra só havia me atendido uma única vez. Depois voltei nela e pedi novos laudos durante o tratamento. E estes laudos diziam que eu estava "apto a exercer atividade laboral".

Então abri um processo administrativo e inclui esses novos laudos. Também pedi uma junta médica de psiquiatras da própria prefeitura que disse que eu estava "assintomático". E fui à psicóloga que também me deu um laudo favorável ao trabalho.

Então a peça que eu entreguei, a vaga de emprego que eu perdi que era importante para mim, me colocou no controle do jogo. Porque caso tentassem me prender eu teria uma prova anterior a data da prisão e direito à cela especial em cadeia diferenciada ou nem cumpriria pena em regime fechado.

Depois porque eu entrei com uma ação contra a prefeitura por danos morais por discriminação, pedindo indenização, porque mesmo eu comprovando aptidão ao trabalho, a vaga me foi negada.

Ou seja, não julgue antecipadamente como "louco" quem você pensa que não tem capacidade por pensar por si só. E assim eu assumi o controle desse jogo, como se assume o controle em uma partida de xadrez, entregando peças não tão úteis em troca do controle do jogo. Agora eu estava um passo a frente e a próxima jogada seria a minha para atacar o adversário de maneira estratégica e continuar o jogo até o final e por fim dar o xeque-mate como um excelente jogador, não só do tabuleiro, mas da vida.

É PRECISO QUE A LEITURA SEJA UM ATO DE AMOR

Como eu não estava nada inapto, apesar de estar bem para baixo, pois estava sem atividade. Inclusive consegui até concluir a faculdade à distância em Marketing que era um dos meus sonhos. Fui convidado por outro amigo, o psicólogo do projeto social que fizemos parte, junto do meu amigo jogador de xadrez, a entrar em um novo projeto social, dessa vez para falar sobre o tema álcool nas escolas públicas e privadas da região Sul Fluminense, patrocinado pela indústria de bebidas alcoólicas de nossa cidade.

Antes de ir para as salas de aulas, tivemos diversos treinamentos e debate por uma empresa de consultoria em educação e aprendemos muito com uma psicóloga, doutora, mestre, especialista em abuso de álcool.

Aprendemos também a aplicar técnicas de dinâmica de grupo para fomentar o debate e de forma não diretiva, não falando que o aluno não deveria beber ou que deveria beber.

Debatíamos, sem hipocrisia, os efeitos do álcool, as consequências do seu uso precoce, os riscos do abuso de álcool a curto, médio e longo prazo, todas as formas de relação com o consumo de álcool, em encontros muito animados, divertidos e, principalmente, esclarecedores.

Recebia bem por cada tempo de aula, porém não tinha frequência de salário, mas já era melhor que minha situação anterior. E era um trabalho que me trazia gosto em fazer e me fez ter certeza de que eu precisava cursar psicologia.

Por eu não ter renda fixa, salário, emprego formal, fiz o vestibular para psicologia e me inscrevi no financiamento estudantil, o FIES. E logo no início do curso, tive a certeza de que estava no lugar certo. Tudo que era falado no primeiro período eu já havia lido em artigos científicos que tinha costume de ler desde os quinze anos de idade.

No grupo de trabalho eu era bem questionador, argumentador, implicante, crítico e com isso bem polêmico. E isso foi minando a minha participação no grupo, pois as pessoas não gostam de gente assim porque não gostam de mudar, tem problemas em aceitar mudanças, são acomodadas.

Mas eu vi uma oportunidade de viver daquilo que, até então, não estava dando porque não entrava dinheiro sempre, não dava para se manter só do projeto falando de álcool.

Tomei a iniciativa de ir às escolas e vender projetos para falar sobre outros temas além do álcool, pois a técnica de abordar os temas a gente já tinha. Então eu marcava com a diretora da escola, ouvia as questões que ela vivenciava no dia a dia, a problemática que os alunos estavam vivendo e fechava alguns temas para debater em turmas específicas.

E no começo foi muito bem aceito, pois trabalhávamos os grupos em trios de educadores sociais. E afinal quem não gosta de uma graninha extra? E depois veio uma ideia para somar. A gente vendia um projeto para debater alguns temas e em troca a gente dava o debate do tema de consumo álcool.

Porém o coordenador do grupo, o psicólogo responsável pelo projeto, que também havia se tornado meu amigo, pois vivíamos momentos fora do momento de trabalho, decidiu acabar com o debate de outros temas e focar somente no álcool. E passou por cima de mim.

Então, foi instaurada uma crise, pois obviamente eu discordava disso, pois eu tinha uma vida, dívidas para arcar, assim como os outros educadores sociais e ele só pensou nas questões dele e pouco se importou com as questões financeiras dos outros educadores.

Também comecei a me relacionar com uma educadora do grupo, que era professora de história, com a qual ele já havia tido relação no passado. E ele me traiu como amigo. Contou coisas sobre minha intimidade que ele sabia por ser meu amigo que sujavam a minha imagem e que certamente eu abriria o jogo para ela, mas na hora certa.

O projeto sobre o álcool entrou novamente em fase de análise burocrática, conforme já era previsto no calendário semestral. Período em que a gente ficava sem receber nada e aguardando ansiosamente o projeto ser renovado para iniciarmos uma nova etapa e finalmente podermos trabalhar e receber.

Nesse período eu consegui uma vaga de estágio em psicologia no Programa Delegacia Legal em minha cidade. O relacionamento com a professora já havia se aprofundado, já éramos oficialmente namorados, companheiros.

Foi uma paixão avassaladora, tivemos de acertar algumas coisas, passamos por umas crises até entrarmos em acordo, mas já havíamos decidido ficar juntos, só precisávamos aparar algumas arestas. Mas estava tudo indo muito bem. Convivíamos frequentemente e intensamente. E eu estava me sentindo muito bem e feliz.

Até que ela decide ligar para o coordenador do projeto, pois ela estava com poucos tempos de aula e o dinheiro do projeto fazia falta para ela. Foi então que ela recebeu a notícia dele de que ela não faria mais parte do projeto. Eu fiquei furioso com aquela injustiça, afinal com o problema que eu tinha com ele, pelas questões que descrevi, já sabia que eu estaria fora. Mas atingir ela, que não tinha nada a ver com o problema e fazia um trabalho excepcional no grupo passou do limite que eu poderia aceitar calado.

Então, mandei algumas mensagens de SMS para ele e ficamos sem nos falar por um tempo. Por fim, eu estava sem trabalho no projeto social, sem estágio na delegacia, sem receber o período trabalhado no estágio. Ou seja, bem na merda.

Cheguei a trabalhar como vendedor, com personalização de canecas e camisetas, como corretor de imóveis, fiz diversas entrevistas de emprego, mandei muito currículo, participei de entrevistas e o país em crise só me negou oportunidades. Mas pelo menos contava com o apoio afetivo da minha namorada que depois foi minha noiva e pelo destino da vida, depois de quase quatro anos juntos e muita felicidade e tristeza nos separamos.

Logo em seguida me formei em Psicologia. Agora era bacharel em Psicologia, psicólogo, tecnólogo em Marketing, técnico em transações imobiliárias, corretor de imóveis e quase bacharel em Sistemas de Informação.

Mas sentia falta em duas questões: reconhecimento profissional e do amor da minha vida, que vivia bem longe de mim e sem muito contato, apesar da tecnologia e da internet.

TODO ATO É UM ATO POLÍTICO

Uma década após eu ter sido eliminado do concurso público da prefeitura, fui aprovado e fiquei classificado como primeiro lugar, após gabaritar a prova específica para o cargo de nível de ensino médio. Recebi o telegrama de convocação em casa e no dia marcado fui para escolha de vagas e escolhi trabalhar no abrigo de adolescentes.

Levei os exames citados no edital do concurso e no telegrama à Saúde Ocupacional da prefeitura e passei por uma médica do trabalho que me encaminhou a previdência do servidor público municipal de minha cidade. Entreguei toda a documentação exigida e recebi um protocolo pela entrega. Até aí estava tudo certo.

O próximo passo seria levar a documentação para nomeação na área de Recursos Humanos da prefeitura. Porém, na semana seguinte, recebi um telefonema da secretária da coordenadora da Saúde Ocupacional, dizendo que a coordenadora, a mesma que me eliminou há uma década por "inaptidão física/mental", exigiu um laudo psiquiátrico.

Eu não questionei, falei que iria ir atrás do laudo e realmente fui. Fui até uma clínica de medicina do trabalho, contei o que havia acontecido há dez anos, contei sobre a eliminação do concurso, contei sobre eu nunca ter sido atendido pela médica coordenadora da Saúde Ocupacional e que mesmo assim, sem atendimento, sem anamnese, ela me declarou inapto.

Levei todos os laudos da época comprovando minha aptidão e solicitei à clínica um laudo de aptidão ao trabalho. E obviamente me foi dado esse laudo dizendo que eu estaria apto a exercer a atividade laboral de cuidador de adolescente que era o cargo do concurso.

Com esse laudo de aptidão em mãos, levei até a secretária da Saúde Ocupacional, com uma cópia, pedi a assinatura dela comprovando que havia sido entregue o que me foi exigido. Logo recebi um telegrama que me eliminava de um concurso que eu sequer havia me inscrito.

Entrei com um processo administrativo no protocolo da prefeitura exigindo maiores esclarecimentos. E em seguida me enviaram uma retificação de telegrama, me eliminando do concurso, desta vez, o concurso certo.

Entrei, então, com um novo processo administrativo solicitando provas de minha "inaptidão" e inclui provas da minha "aptidão", que mesmo assim me foi negada a vaga, mesmo tendo sido aprovado em primeiro lugar.

Então entrei com outro processo administrativo exigindo minha nomeação na Ouvidoria da prefeitura e, em seguida, fui até a Defensoria Pública de Resende e contei minha história e disse que queria a vaga que era de meu direito.

A vaga seria para trabalhar com adolescentes no abrigo e o pagamento era um salário-mínimo. Eu estava ferrado, mas não queria ser explorado pelo sistema. Afinal, não resolveria meu problema. Que seria ter meu canto e constituir uma família. Eu continuaria com dívidas no cartão de crédito.

Provavelmente pela situação e pelo estresse e desgaste no trabalho eu não teria saúde mental para viver uma vida de qualidade. Enfim, eu não queria mesmo o cargo. Tanto é que apesar de não ter escrito nos processos administrativos nada contra a lei, eu fui bem rude para ficarem com raiva de mim e essa foi uma grande jogada. Mas claramente fui discriminado e isso sim me interessava e muito. Pois, a ação judicial que entrei pelo problema no primeiro concurso há dez anos pedia indenização por danos morais e já estava em julgamento no Superior Tribunal de Justiça. E ser discriminado novamente me daria a chance de recorrer com a ação, por a prefeitura reincidir no ato discriminatório, além do novo processo solicitando a vaga pela Defensoria Pública.

Eu tinha planos para o futuro, eu fantasiava o dia que me acertaria com minha amada, eu sonhava com um casamento simples, porém bonito à luz do dia. Eu sonhava com um lar simples, porém organizado e cheio de vida. Sonhava com as viagens de férias que poderíamos fazer. Sonhava com a gravidez dela, seria a mulher grávida mais linda de todas. Sonhava cuidar do meu filho com ela e termos uma família bonita, saudável e envelhecermos juntos.

Mas tudo isso parecia só um sonho mesmo. Uma utopia. Porque nada estava dando certo para mim. O país em crise, eu ainda morando na casa dos pais com trinta e três anos, sem perspectiva alguma de crescimento. A verdade é que apesar de eu ser inteligente, era um fracassado. E que mulher quer um homem fracassado? Ainda mais uma mulher como ela...

ENIGMA DA ESFINGE

Fiquei muito feliz que meu amor se formou em Medicina, começou a trabalhar em hospitais e em unidades de pronto-atendimento. Mudou de cidade. Começou a morar sozinha, a ter sua vida.

Eu, apesar de ter tantas formações, continuava morando na casa dos meus pais, dependente financeiramente, trabalhando no comércio da família. Foi então que uma moça muito bonita foi comprar lanches da tarde no comércio que eu trabalhava. Puxei assunto com ela, a cada vez que ela ia lá a gente ia se conhecendo melhor.

Ela tinha apenas 22 anos e eu já por fazer 32. Ela era dentista e trabalhava com os irmãos na clínica odontológica deles. Depois de uma dessas conversas rápidas no comércio da minha família, procurei o perfil dela no Facebook e a adicionei. Ela aceitou o convite. Aí o papo começou a se estender para além do contato físico.

Então, passamos a conversar muito. Até que decidi a chamar para comer um açaí no horário do lanche dela da clínica. Vimos que tínhamos muita coisa em comum, criamos um laço, criamos intimidade. Do açaí evoluímos para um passeio na cidade turística vizinha, Penedo. Conversamos sem parar por duas horas seguidas e percebi que tinha chance com ela. Foi aí que tentei beijá-la. Mas ela negou, até então ela tinha tido apenas um relacionamento e que não foi uma experiência muito boa.

Ela havia se casado muito nova e sofreu violência psicológica e física do ex-companheiro. O fato dela não ter aceitado me beijar não mudou muita coisa. Não era o que eu desejava, queria beijá-la, mas continuamos a conversa normalmente.

Então, a convidei para fazer um lanche. Quando saímos do carro e fomos caminhando pela rua em direção à lanchonete, ela veio e me deu um beijo selinho. Enquanto lanchávamos o papo continuava sem parar. Ela falava muito e eu sempre fui muito bom em ouvir. Mas claro que não ficava mudo, era realmente uma boa troca de conversa. E quando a deixei em casa, aí sim teve um beijo apaixonado. Logo estávamos namorando sério.

Por ironia do destino minha turma do ensino médio decidiu fazer um encontro da turma. E acabou que conversei, já sem esperança, com meu amor não correspondido. E na conversa contei a ela que estava namorando e que tudo estava bem e que estava apaixonado.

A partir daí terminou a conversa com ela, ela não me respondeu mais. Como já disse, eu tenho dificuldade em empatia e ler o mundo das emoções. Já é difícil para mim pessoalmente, através da internet então é impossível. Para isso uso a racionalidade e no meu entendimento ela não ficou muito feliz em eu estar feliz no relacionamento. Tentei conversar como amigos em outras ocasiões e não recebi resposta.

Depois de seis meses de namoro com a dentista, nós dois percebemos que não combinávamos muito. O país estava rachado entre ideologias, o Brasil com a democracia em vertigem. Eu sou socialista libertário, ateu, humanista, ela cristã e apesar de não entender nada de política, apoiava o candidato fascista porque o pai dela é militar e o candidato a presidente foi militar, apesar de ter sido dispensado por insanidade mental aos trinta e três anos de idade após tentar explodir bombas em quartéis.

Claro que não foi só por conta disso a nossa separação, havia muita diferença entre nós de comportamento, de ideologia, de educação, de idade, entre nossas famílias. E apesar de eu querer insistir por um lado, por outro lado aceitava que foi bom enquanto durou.

Um bom tempo depois nossa turma acabou que não levou o encontro para frente. E do nada recebo uma mensagem pelo messenger do Facebook do meu amor não correspondido. Ela dizia na mensagem que havia trocado o número de WhatsApp, me passou o número novo. Disse que estava em Mauá, próxima de mim, que estava comemorando o aniversário do namorado, que o passeio era só um bate e volta e que gostaria muito de me ver.

Eu fui simpático, respondi à mensagem, falei que quando ela descesse a serra que viesse até minha casa. Mas no final das contas ela não veio me ver. Ou seja, só queria dar o troco, contando sobre o namoro. Ou talvez não. Por um lado, fiquei triste por ela estar namorando e poder acabar formando uma família com ele, por outro lado feliz por ela sentir a necessidade de dar o troco dando um jeito de dizer que estava namorando, depois de um tempo sumida da internet sem responder minhas mensagens.

Quis pensar assim. Porque isso sinalizava que ainda havia algum sentimento dela por mim. Se não ela continuaria me ignorando. Afinal o contrário de amor não é o ódio, é a indiferença.

Então, apesar dos pesares, voltou a acender uma ponta de esperança no meu coração. E junto a isso, surgiu uma dor aguda insuportável nas minhas costas, na lombar direita e que os médicos pensaram na probabilidade de ser algum problema nos rins, viram que meu sistema imunológico estava tentando se defender, talvez uma possível infecção através do meu exame de sangue, mas não sabiam responder o que era e o porquê daquela dor.

Então, por isso decidi não contar esta história ao meu amigo, afinal ele diria que era psicossomático isso acontecer logo depois dela me contar do namoro dela. E eu sou do tipo que não confia muito nas pessoas, acho a maioria dos médicos incompetentes, acho a medicina ocidental uma bosta, as instituições privadas de ensino ridículas e que os profissionais de medicina não estão nem aí para os seus pacientes, os planos privados de saúde exploradores, então só quem confiaria minha saúde seria nela pelo afeto que nós temos e por ela ser médica e excelente em tudo que se propõe a fazer. E é o que nos traz até aqui.

Voltei a chamá-la no WhatsApp, contei sobre minha condição e minha dor física. Ela me deu atenção e pediu para enviar a ela os exames. Eu o fiz. Ela me disse o que poderia ser e tinha as mesmas questões com a medicina que eu descrevi também como minhas questões. Diante desse novo diagnóstico, voltei a procurar a emergência do hospital, pois apesar de estar tomando antiinflamatório de doze em doze horas, a dor aguda não havia passado nem um pouco e debati sobre a possibilidade de outro diagnóstico dado por minha amiga.

Então mandaram fazer um novo exame de sangue e me doparam de analgésico fortíssimo para dor, o que fez diminuir consideravelmente o desconforto. E no novo exame de sangue havia diminuído a infecção. E decidiram não seguir o diagnóstico dado pela minha amiga médica e sim me mandaram fazer uma ultrassonografia dos rins.

Enquanto eu esperava e fazia a preparação para o dia do exame, tentei puxar papo com ela sobre a vida pessoal dela, saber como ela estava, mas ela ignorou minhas mensagens. Eu dei um tempo a ela para ela responder. E então dei um feedback sobre o que pensava sobre ela não querer mais compartilhar sobre a vida pessoal como amigos. Então ela respondeu sobre ela, de maneira curta e fria, sem dar muitos detalhes. E eu entendi que estava causando desconforto a ela e não mandei mais mensagens e nem pedi mais consultoria sobre a dor que estava sentindo.

Fiz a ultrassom dos rins e da bexiga, que não apontaram nada de errado com meus órgãos, mas a dor persistia. E o enigma sobre o que eu tinha também. Fui mais algumas vezes ao PS do hospital receber medicação para dor, porque só a medicação que haviam me passado não dava conta.

Mas o maior enigma não era meu problema de saúde. O que me deixava mais curioso eram as emoções e sentimentos dela que eu não podia decifrar. E este enigma me devorava mais do que a própria dor física que já era insuportável.

SEMPRE ENTEDIADO

Eu estava desempregado, assim como quase a totalidade da população ativa do Brasil, mas tinha um microempreendimento individual que pagava meu INSS.

Para você ter uma ideia do que eu digo, em 2019, um pouco mais de doze milhões estavam desempregados, outros quase doze milhões trabalhavam na informalidade, próximo de vinte e cinco milhões por conta própria, por volta de vinte e sete milhões trabalhavam em subempregos e perto de cinco milhões eram os desalentados, aqueles que tinham perdido a esperança e deixaram de procurar emprego, ou seja, mais de oitenta milhões na merda, sendo que a população ativa não passava muito dos cem milhões e a situação seguindo ladeira abaixo.

Eu continuava prestando concursos. Passei em todos, mas em alguns me classifiquei bem e outros ficava na média. E os que eu fui aprovado e me classifiquei dentro do número de vagas na minha cidade, Resende, eu era considerado inapto pela coordenadora da Saúde Ocupacional do município, que sequer me conhecia. E tinha de recorrer na justiça.

Meu amigo da época do xadrez com maconha, apesar da facilidade do WhatsApp, foi morar na montanha e não era muito à favor da tecnologia e não me dava muita bola.

Minha melhor amiga de ensino médio estava namorando e distante de mim, tanto fisicamente quanto afetivamente. Meu amigo desenhista estava casado e vivendo sua vida. Meu amigo de bairro na adolescência já estava até com filho. E eu que sempre fui muito popular, estava praticamente só. Só havia esse amigo no qual eu estaria contando esta história se ele não fosse dizer que minha dor física era psicossomática.

Ou seja, eu estava entediado, não que não fosse comum, mas estava realmente entediado. E não era tédio por não fazer nada. Mesmo eu fazendo coisas no meu dia a dia, eram coisas que entediavam ainda mais. E isso não era bom para mim. E quando não é bom para mim, não é bom para ninguém.

Escrevi uma denúncia por discriminação contra a coordenadora da Saúde Ocupacional da Prefeitura de Resende para o Conselho Regional de Medicina do Rio de Janeiro, que me declarou inapto sem nunca ter me atendido. Na denúncia eu incluí cópias de tudo como prova do que escrevi e ainda anexei provas de minha aptidão, inclusive sobre minha experiência na área em que trabalharia.

Redigi também uma denúncia contra o coordenador de Recursos Humanos que é psicólogo e enviou o telegrama me eliminando do concurso, pois o artigo do edital em que se tratava minha eliminação dizia que eu não estava apto pelo ponto de vista da psicologia, mas não fui atendido por nenhum psicólogo ou por uma psicóloga. E ainda havia mais. No carimbo dele, ele declarava que era coordenador de Recursos Humanos e psicólogo, mas não havia o número de registro profissional no Conselho Regional de Psicologia. Também fiz a mesma coisa, na denúncia juntei provas de tudo o que eu dizia e alertei para a discriminação que sofri. E escrever as denúncias com provas deu um trabalho danado.

Tive de abrir processo administrativo na prefeitura solicitando cópia no protocolo da Prefeitura de Resende, tive de esperar minha solicitação ser aceita. Depois paguei pelas cópias. Digitalizei processo administrativo por processo administrativo desde o primeiro em 2010. Eu li cada frase das várias páginas acumuladas por todos esses anos, de quase uma década, nos processos administrativos. Compilei tudo que havia sido dito. E por fim redigi minhas denúncias. E enviei para os e-mails que recebiam essas denúncias.

Mas continuei entediado depois de terminar de fazer tudo isso. Então criei uma loja virtual voltada para o público feminino. Comprei um plugin de WordPress que automatizava a compra em um site internacional. Adicionei e editei produto por produto. Calculei o meu lucro em cima de cada produto.

Quando a compradora fazia o pedido e pagava no meu site o pedido ia direto para o fornecedor na China ou nos Estados Unidos. Criei o e-mail gratuito, criei um perfil fake de mulher, adicionei cinco mil mulheres nesse perfil. Fiz uma página de Facebook, convidei as cinco mil mulheres a curtir minha página. Criei um grupo de Facebook para mulheres lojistas divulgarem seus produtos e vinculei a minha página do Facebook. Abri uma conta comercial no Instagram que me permitia postar fotos dos produtos e colocar links que abriam direto na minha loja virtual.

Fiz anúncios no Facebook e Instagram. Mas não me deu retorno. E eu continuei entediado. Criei um site de notícias de Resende e ao mesmo tempo era uma agência de marketing digital. Fiz o mesmo processo que a loja virtual. Criei página e grupos no Facebook, abri conta no Instagram, no Twitter, criei um canal no YouTube onde eu ensinava gratuitamente a criar sites e divulgava links de afiliado onde eu vendia um treinamento em marketing digital completo de um professor especialista em marketing digital e ganharia comissão caso comprassem pelo meu link o curso dele. Gravei diversas aulas e postei no YouTube, fiz anúncios no Facebook e tudo isso me gerou uma única venda e uma comissão de menos de duzentos reais.

Ou seja, não pagou nem os meus gastos. Afinal para criar esses sites e anunciar eu precisava pagar. Então nada que eu fiz tinha sucesso e continuava entediado.

Fora que o consultório que eu havia aberto e vendido meu carro para investir, estava praticamente acumulando poeira, pois todo paciente que me procurava queria ser atendido por plano de saúde. E atender por plano de saúde era uma burocracia chata e que não trazia retorno algum.

E eu decidi que não seria explorado por esses planos de saúde que investem no sucateamento do Sistema Único de Saúde e literalmente matam o povo. E ninguém aceitava pagar o atendimento particular. O que eu fiz então foi sublocar o consultório para outras psicólogas e psicólogos. Mas poucos profissionais sublocaram e muitas atendiam um ou outro paciente e muitos pacientes desistiam da terapia no meio e não iam mais e acabava que os profissionais para quem subloquei não atendiam, ou seja, eu não recebia.

Ou seja, estava muito frustrado com a situação do país. Revoltado com a ignorância do povo que elegeu um presidente que governa para a elite econômica. E continuava entediado. E fui para minha última tentativa.

Decidi abrir uma loja virtual de produtos voltados para cactos. Desde as plantas, até camisas com desenhos de cactos, quadros com fotos de cactos, almofadas com desenhos de cactos, enfim, tudo que havia cacto.

Mas nada sai de graça, isso teria um custo e eu estava sem dinheiro algum perto do que precisava para meus projetos. E as dívidas estavam só acumulando e eu contando com a ajuda dos meus pais que também me deixava angustiado, afinal eu queria liberdade para mim e para eles. Liberdade econômica, financeira, ter meu próprio canto, fazer minhas coisas, ter meu trabalho, tocar meus projetos, ter uma vida independente, pois eu já estava com a idade de Cristo crucificado. E sabia que não era Deus que salvaria um ateu que decidiu plantar e vender plantas com espinhos.

Então estava sem amigos, sem namorada, sem chance nenhuma com ela que estava namorando e mesmo que não estivesse, ela não iria me querer no meu estado atual, malsucedido, sem perspectiva de futuro, malcuidado, morando longe, sem dinheiro, sem carro e ainda dependente da família.

Minha família também estava angustiada com a situação do país, a renda diminuindo, as dívidas aumentando, o consumo ficando mais caro, sem perspectiva de melhora econômica do Brasil. Meus irmãos na idade de iniciar a faculdade, o ensino público com verbas cortadas e com menos vagas. Eu viciado em café e cigarros. E cada vez mais entediado, o que no meu caso é pior do que uma bomba nuclear.

ANÁLISE COM NINA

Decidi procurar uma psicóloga. Diferente das outras vezes que tive de ir a uma psicóloga, ou forçado pela família, ou para me gabar dos meus feitos, afinal eu não podia confiar em qualquer pessoa para contar sobre minha personalidade antissocial. Dessa vez eu procurei ajuda para tentar entender de onde vinha essa minha obsessão por minha amada, que aparentemente estava melhor sem mim.

Ouvi o nome "Nina" de um cliente meu. Ele falou sobre o tempo que fez análise. Primeiro descreveu como ela era estranha. Falou sobre o cabelo desarrumado, as roupas largadas. Eu só o ouvi até que ele dissesse algo que realmente me interessava. Até porque ele é um tipo de pessoa que não deixa de abrir a boca um segundo e adora falar mal das pessoas, não tem nenhuma ideia crítica na cabeça, zero senso e mentecapto.

Após esculachar a aparência física da psicanalista com o seu machismo, misoginia e sexismo, fez questão de dizer que é uma mercenária por cobrar muito pela sessão. Que "arrastou seu tratamento para lhe roubar mais", segundo suas próprias palavras. Então finalizou o assunto sobre ela.

A única parte que me causou interesse, falando sobre como eram as sessões em que só ele falava e ela não dizia nada. Afinal, quem consegue dizer alguma coisa quando ele abre a boca? E em psicanálise se diz muito sobre o sujeito ter encontrado a cura, quando ele se cala. Ele estava muito, muito longe da cura e perdeu uma oportunidade de ouro com uma excelente profissional.

Quando ele deu uma pausa de décimo de segundos em sua verborreia, perguntei a ele onde ela atendia. Ele me explicou a localização e logo entrou em outro assunto de tanta importância que já não o ouvi mais.

Após falar com ele, fui pesquisar o nome da psicanalista "Nina" na internet. Não foi fácil, pois não tinha sobrenome. Então demorei alguns minutos a mais para encontrar informações sobre a psicanalista.

Li que ela é doutora em Ciências da Saúde pelo Instituto de Psiquiatria da UFRJ (2002), mestra em Psicologia Clínica pela PUC-Rio (1996) bacharel em Psicologia e psicóloga graduada pelo Instituto de Psicologia da UFRJ (1991). Foi professora da Universidade Estácio de Sá-RJ (1998-2017). Na graduação de Psicologia concentrou-se na área da Saúde (Saúde Materno-Infantil e Desenvolvimento Humano, Saúde Mental, Saúde Coletiva e Saúde da Família) e da Clínica (Teorias e Técnicas Psicoterápicas); na graduação de Comunicação Social (publicidade e jornalismo) ocupou-se da psicologia geral e do consumidor. Como colaboradora do Centro de Estudos do IMAS-Juliano Moreira, coordenou uma pesquisa de campo sobre a percepção que usuários de longa data de hospitais psiquiátricos têm sobre o espaço em que vivem. Como resultado desta pesquisa, produziu três documentários em vídeo de curta duração e uma exposição fotográfica. Coordenou o Serviço de Psicologia Aplicada da UNESA - Campus Resende e supervisionou os estagiários de psicologia da UNESA que atuam na unidade de saúde da família do Centro Saúde Escola - CSE-Lapa - Rio de Janeiro, um convênio entre a UNESA e a Secretaria de Saúde do Rio de Janeiro. Trabalhou como supervisora clínico-institucional das equipes de profissionais do CAPS Arthur Bispo do Rosário e das residências terapêuticas a ele vinculadas. Participa como pesquisadora do Grupo Barthes - estudo dos aspectos subjetivos envolvidos nos processos de configuração e de recepção de objetos de uso e de imagens, desenvolvido junto ao Programa de Pós-graduação em Artes e Design da PUC-Rio. Tem experiência profissional como psicóloga na Casa de Saúde Saint Roman, na Maternidade Praça XV e na clínica como autônoma.

Encontrei também seu perfil no Facebook, mas a privacidade dele impede que, quem não é amigo dela na rede social, veja suas publicações, fotos e vídeos. Mas isso já me disse muito sobre Nina psicanalista.

Fui, então, à pesquisa de campo. Parei por alguns minutos do outro lado da rua em frente ao consultório dela, não vi movimento, para disfarçar fui à cafeteria na mesma calçada que estava parado, pedi um expresso, tomei e continuei observando, até que vi uma senhora sair pela porta de seu consultório.

Terminei o café, atravessei a rua, acendi um cigarro. Um jovem se aproximou do portão onde ela atendia e o chamei para conversar. Falei que estava perdido e não morava na cidade, demonstrei conhecer a psicanalista e disse que estava preparando uma surpresa a ela e perguntei a ele o que achava sobre Nina. Mas ele parecia estar muito chapado de ansiolítico para prolongar o papo. Depois falam da maconha, claramente Clonazepam detona o cérebro.

Logo me despedi dele, após ele me dar algumas informações que eu ainda não tinha, então ele entrou na sala de espera. Esperei ele sair pelo portão depois da sessão, foi então que liguei e marquei com a psicanalista Nina para continuarmos nos conhecendo.

E, agora, de frente para ela, percebi que meu cliente provavelmente é um enrustido. Afinal, observando-a, eu percebi que ela é linda e tinha personalidade em seu estilo e já tinha simpatia sobre algumas coisas dela, como o vasto conhecimento em sua área e sua posição política diante a vida e o preço que ela cobrava era irrisório diante do que ela poderia ser útil.

Claro que eu fiz o certo antes de decidir qual profissional seria a que me atenderia, afinal há muita profissional incompetente, então foi necessário investigar antes. Porque assim já sabia sobre ela, sabia que ela era, além de psicóloga, mestre e doutora, professora universitária e também psicanalista. E assim foi mais fácil para mim realmente me abrir.

E eu fui direto ao assunto sobre eu amar uma mulher, uma única mulher, desde a adolescência e não ter esse amor correspondido da maneira que eu esperava que o desejo dela fosse recíproco, em poder namorar ela, em poder noivar, casar e ter filhos.

A psicanalista logo me perguntou o porquê eu achava que

deveria ser assim. Logo no início ela desmascarou a minha personalidade controladora. E isso me deixou em silêncio por alguns segundos. Então, tive de explicar que o que pensava não era um relacionamento tradicional, disse que pensava que deveria ser natural esse processo.

E expliquei que de todas as mulheres que já passaram na minha vida, a única que eu realmente sonhei com esse anseio tradicional, cultural, de relacionamento, de matrimônio foi com ela. Caso não desse certo, tudo bem. Porém eu precisava tentar porque ela é, sem dúvida, a mulher da minha vida.

Foi a mulher que passei décadas tendo sonhos com ela, que passei a melhor parte da minha vida quase que em tempo integral com ela. A pessoa que me aceita como sou, sem querer me mudar. Que somente sua presença já faz eu querer ser uma pessoa melhor.

Era a expectativa de viver o amor que traria luz, como já trouxe, às minhas trevas. A única em quem eu confiaria os cuidados de um filho meu. Minha ânsia em viver a felicidade genuína, a representação do meu sucesso, da minha autorrealização. Era a chance de eu não viver mal-humorado, infeliz, chato, rabugento e morrer sozinho.

Porque até mesmo namorando outra pessoa, eu me sentia solitário, por eu não poder ser eu mesmo. E com ela não, ela me deu a tão esperada liberdade e esperança na vida e no amor puro e incondicional sem laços consanguíneos.

Foi então que Nina me deixou calado, quando perguntou se eu já havia dito tudo que eu sinto para ela. E eu falei que expressar sentimentos não é comum em mim. Então ter esses sentimentos por ela é uma luta contra minha natureza. Naturalmente eu sou frio, calculista, racional, controlador. Como demonstrar essa "fraqueza" justamente para quem me torna "fraco" diante da sociedade competidora, governada pelos mais fortes, por quem detém poderes, por privilegiados, uma sociedade que impõe que o correto é não ter empatia, sem culpa, sem remorso, sem vergonha, sem medo?

Quando devolvi a pergunta à psicanalista, ela ficou em silêncio e encerrou a sessão. Aquilo me deixou frustrado, afinal, eu deveria dizer quando terminaria a sessão. E eu nem bebo, mas parei num bar e pedi um chope escuro. Minha sede era tanta que virei num gole. E pedi outro. Dessa vez, mais relaxado, pude aproveitar o sabor da bebida melhor.

Eu queria colocar a culpa em todo mundo, como de costume. Mas a psicanalista estava certa. Eu deveria dizer tudo que me corrói à minha amada e deixar de ser o jogador premiado e aceitar minha derrota como vitória. Porque para mim o jogo sempre acabou somente depois de eu ganhar a partida.

E pelo jeito, no jogo do amor genuíno, não há jogada ensaiada, não há estratégia, não há tática, é preciso honestidade, sinceridade e aceitar que não pode estar no controle sempre. E que perder pode ser provável, e ganhar é ter a liberdade de ouvir sem interesse em manipular para manter seu desejo atendido em primeiro lugar e em troca disso poder ser amado por ela, como sempre fui, mesmo que sua decisão seja continuar longe de mim.

NADA QUE NÃO POSSA PIORAR

Ainda bem que não contei ao meu amigo esta história. Pois passei por tantos profissionais para investigarem minha dor na lombar direita que mal me deixava cair no sono. Quando dormia, acordava no meio da madrugada com dor. Fumava alguns cigarros para distrair. De tanto cansaço, às vezes, cochilava à tarde, sentado na poltrona.

Minhas olheiras deixavam claro meu mal-estar. Fui a vários profissionais da medicina como clínico geral, gastroenterologista, nefrologista, urologista, proctologista, cardiologista, ortopedista, hepatologista, neurologista, enfim, tentei em todas as especialidades da medicina descobrir. Fiz tanto exame que eu não saberia descriminá-los.

Cheguei ao absurdo de tentar técnicas de ioga, meditação e acupuntura. Digo absurdo porque, honestamente, não sou um sujeito de muita espiritualidade, tranquilidade, calma, de terapias holísticas, de homeopatia. Passei por diversas massagistas com diversas técnicas diferentes. Eu estava realmente desesperado e sem conseguir raciocinar. E a dor continuava...

Acabou que eu tomava cada vez mais analgésicos para dor, relaxantes musculares e até opioides. Fora os antiinflamatórios sem efeito e sem necessidade. Tentei fumar maconha, haxixe, skunk. Embriaguei-me, desmaiei de bêbado, quase entrei em coma alcoólico. Fiz uso de cocaína. Tomei litros de café por dia. Aumentei o número de cigarros por dia. E nada!

Por fim, tive de aceitar que meu amigo estava certo, mesmo

sem me dizer, pois ele certamente me diria. E ainda bem que não disse a ele, pois eu não o aguentaria me jogando na cara de que estava certo, afinal parecia mesmo ser psicossomático. Não à toa continuei indo à psicanalista Nina e fazendo sessões de análise com ela.

Só não apelei às igrejas, por ser "ateu graças a Deus", pois se não diriam que minha amada foi feita de uma costela arrancada do meu lado direito e que eu deveria aceitar Jesus e me converter e pagar o dízimo e fazer ofertas para os mercadores da fé poderem continuar lavando dinheiro das narco milícias.

Curioso eu ser o cara que sempre soube o que fazer em tudo, uma pessoa de ação, de espontaneidade, de impulsividade, de agressividade, no sentido de ir com tudo para cima do que eu queria, e não no sentido de ser violento, apesar de na minha adolescência já ter usado violência. Ser empreendedor, ser ágil, apesar de ser realista, ver as coisas com otimismo, seguir em frente, batalhar, ir para cima com garra, mas estava anestesiado, não só pela dor, mas diante da vida. De como conseguir me manter financeiramente, meu sucesso profissional, ser reconhecido, de como conseguir meu espaço, meu lar, conquistar meu amor.

Por fim, procurei uma psiquiatra na cidade, muito famosa e muito bem paga. Depois de quase uma hora com ela, ela disse que eu não necessitaria de medicamentos e disse também para eu continuar indo à psicanalista. Depois de eu muito insistir, ela me receitou um indutor de sono, que faria quatro horas de efeito, somente para eu conseguir cair no sono e conseguir dormir normalmente, pois ela realmente viu minha cara de acabado por noites mal dormidas.

A dor não passava por nada e para piorar havia tomado minhas costas por completo. O meu colchão era novo, mas decidi trocar por um ortopédico. Mais de um mês depois a dor ainda me torturava. Dinheiro jogado fora no colchão novo e caro.

Decidi esperar mais um tempo, ainda na esperança de pelo menos amenizar a dor. Mas não deu certo. Tempos depois a dor permanecia e me tomava as costas por completo e sentia irradiar pelo corpo todo em pulsões que me paralisavam.

No meio de uma noite de muita dor, tossi com catarro e ao cuspir na pia havia sangue misturado e senti sangue na garganta. Puxei mais catarro, quase não havia catarro, mas o pouco que veio, novamente cuspi com sangue. Tive então de agendar um horário com a pneumologista.

Era muito difícil conseguir um horário com ela. Era muito procurada e havia poucos especialistas em minha cidade. Ela ouviu um ruído nos meus pulmões e teve de pedir uma tomografia. E cada procedimento, desde agendar a médica, até pedir liberação do procedimento, até agendar uma data para realizar o procedimento, até sair o laudo e as imagens, até agendar para ela ver o resultado do exame, foi tudo muito arrastado e eu sou muito abafado, gosto de ter o controle, gosto de decidir tudo na hora, não sou de esperar, sou de fazer. Então a espera foi tão grande quanto à dor que eu sentia.

E durante esse tempo continuei fumando meu cigarro normalmente, sem culpa, sem medo. Afinal, a dor era tanta que eu precisava de um prazer imediato, mesmo que fugaz.

As coisas não andavam boas para o meu lado. Havia dois concursos para fazer, um para psicólogo clínico educacional em uma cidade próxima a minha e outro para psicólogo para ser professor em Saúde e Ambiente.

Então até eu fazer esses dois concursos, até aguardar o resultado do exame, o laudo da tomografia, marcar novamente o atendimento com pneumologista, esperar chegar o dia, esperar chegar a hora do atendimento, esperar o atraso comum nas clínicas, eu não podia alterar a química do meu organismo que era basicamente feita de cafeína, nicotina e as mais de sete mil substâncias tóxicas do cigarro.

Mais cortisol pelo estresse e endorfina produzida pelo corpo e pelas medicações. Sem essa química tóxica ao qual fazia minha infeliz existência, eu não conseguiria raciocinar direito ao fazer as provas e eu precisava muito sair dessa lama em que me encontrava, onde nenhum empreendimento meu, ou currículo entregue, tinha sucesso. Então a esperança estava em ser aprovado em algum concurso.

Tive de recorrer novamente à consultoria do meu amor sobre possíveis causas do que eu estava passando e relatei sobre o sangue que expeli. Mas, dessa vez, ela sequer respondeu. E eu não podia preocupar minha família que pouco entendia de corpo humano e doenças.

Então, sentia a dor sem transparecer de que algo ia mal com minha saúde. Falar sobre ter tossido sangue, então, nem pensar. Abrir-me para meu amigo que iria contar a história também não seria uma boa hora, ele também vivia uma fase difícil de depressão pela sua situação, que era uma situação generalizada no Brasil de desemprego, de desesperança, de desespero.

Também pensei em me abrir para meu amigo das partidas intermináveis de xadrez, mas ele estava vivendo outra vida, outro momento, estava produtivo, em outro ambiente que não o urbano e menos competitivo, mas pensei melhor e só perguntei como iam as coisas e não estendi o assunto para não o perturbar.

Meu amigo desenhista estava casado, vivendo a vida dele, o trabalho dele, a profissão de engenheiro dele. Meu amigo de bairro já até tinha um filho para cuidar. E, também, não queria dar o gostinho da minha fase infeliz para ninguém. Os neuróticos adoram um drama e eu não iria alimentá-los com minhas derrotas. Mas a atenção do meu amor, eu precisava de verdade.

Para amenizar o tédio da vida, em uma nova tentativa de empreendimento, plantei trinta sementes importadas de cactos, que vieram da China, porém foram colhidas no México. Coloquei cada uma em um potinho, com pedrinhas no fundo, uma camada fina de areia média, com terra preta, misturada com a areia média, pedaços pequenos de casca pinus e reguei sem encharcar. Foi muito simbólico, pois representava minha esperança na vida, apesar de serem plantas com espinhos por fora em sua essência.

Era uma representação da minha vida, que assim como eu, que criei meu eu, uma vida que guardava em seu interior o suficiente para se manter vivo mesmo sob situações adversas, mesmo com poucos recursos e por fora cheio de espinhos para espantar quem tentasse se aproximar e até mesmo ajudar.

Mas somente uma semente vingou e, por incrível que pareça, uma que não havia espinhos. Que ironia! Ou seja, de trinta sementes, somente uma vingou, meu negócio já havia começado derrotado, eu estava no fundo do poço, com a dor que começou nas costas irradiando por todo meu corpo, parecia que minha desprezível alma e a dor física eram uma só.

E o resultado do laudo da tomografia não era nada bom para mim. Eu estava realmente ferrado. E por uma última vez, também por desculpa para falar com ela, mas obviamente pensando no meu bem-estar, pedi para ela uma consultoria e enviei a foto do laudo por WhatsApp e falei do problema da espera pelo atendimento médico e que não havia entendido muita coisa do laudo, apenas que o que estava escrito não parecia ser um problema pequeno.

A mensagem nem chegou para ela, mas eu via a fotografia dela, então sabia que ela não havia me bloqueado, o celular apenas estava desligado ou sem cobertura de internet. Enviei a mensagem no outro número dela e chegou para ela, estava online, visualizou e não respondeu nada.

Com todo mundo eu tinha um poder de persuasão, um poder de manipulação, um poder de tomar as rédeas, assumir o controle, conquistar a simpatia, mas quando se tratava dela, não conseguia nada, meus poderes eram nulos, ela tinha imunidade a mim, eu não tinha o poder sobre ela. E isso me causava certa fascinação. Era realmente diferente. Eu era apenas uma pessoa comum.

Minhas leis falhavam. Eu criava expectativas como uma pessoa normal cria. Eu tinha ilusões com ela, eu fantasiava. Ela me fazia sentir uma pessoa comum e não um antissocial sem empatia, sem entender emoções, impulsivo.

E isso era muito poderoso para mim, eu sentia finalmente a fragilidade que eu tinha e que me fazia parecer mais humano. Eu entendia que essa emoção era o mais puro que os seres humanos têm.

Eu não sentia raiva por ela me ignorar, eu tinha finalmente empatia, entendia o lado dela, afinal eu sempre fui tóxico, manipulador, egoísta, racional, um sacana. Mas parece que ela me dava o poder da empatia e isso me tornava diferente e por me tornar diferente eu desejava ser uma pessoa melhor por ela e para ela, desejava ser um ser humano e fazer o bem para o planeta como um todo.

Finalmente chegou o dia da consulta com a pneumologista. Ao ler o laudo e ver as imagens, ela deu o decreto: você tem de parar de fumar imediatamente e vamos começar o tratamento.

O mundo em pandemia. O risco do contágio ao coronavírus que ataca principalmente as vias aéreas. Quase três bilhões no mundo foram infectados. Centenas de milhares de pessoas em tratamento no Brasil. Dezenas de milhares perderam a vida. Eu fazia parte do grupo de risco duas vezes, por ser tabagista e por estar com o pulmão altamente danificado pelo tabagismo.

Eu estava no fundo do poço. E não era como qualquer pessoa no fundo do poço. Era eu, um narcisista, egocêntrico, hedonista, megalômano, antissocial. Eu sofria sozinho como deveria de ser, ninguém poderia saber da minha derrota, eu era bom demais para sofrer como um humano neurótico comum qualquer.

Então, como um lobo solitário próximo de sua morte, a única vontade era beber café e fumar para aliviar a existência medíocre e ter uma companhia fiel que iria cavando comigo o buraco com os próprios pés. Decidi me recolher para lamber minhas feridas, enquanto aguardava meu fim. Pois assim é minha vida, sou mais um na multidão e este é o meu lugar.

BRILHAR

Ninguém está nem aí para vida de ninguém. Ninguém vê além do próprio umbigo. As pessoas andam preocupadas somente com si mesmas. Se você enxerga isso desde cedo, então mais transparente você enxerga as relações humanas.

Emoções, afetos e sentimentos turvam a água. Você fica irracional e trouxa. O que escrevo, não é para ninguém além de mim mesmo. Não me interessa o que irá achar. Sua opinião só vale para você. Você pode até criticar e outras pessoas concordarem. Mas, e daí? No fundo ninguém liga. Daqui a pouco você esquece o que leu e estará focado em adquirir o novo best-seller.

As pessoas andam preocupadas com o boleto que vence. Com o limite do cartão de crédito. Se a maquininha de cartão vai imprimir o comprovante de transação aprovada ou não. Preocupados com quanto virá o valor da conta de água e de energia. Se vão aumentar o preço do gás. Quanto o IPTU vai ser. Dará para parcelar o IPVA? Será que coloco seguro no carro ou conto com a sorte?

Paulo Freire, educador e filósofo, nascido em 1921 no Recife, em Pernambuco. Brasileiro considerado um dos pensadores mais notáveis na história da pedagogia mundial, criou o movimento chamado pedagogia crítica, patrono da educação rasileira. Foi o brasileiro mais homenageado da história, com cerca de trinta e cinco títulos de *Doutor Honoris Causa* em universidades da Europa e nas Américas. Recebeu prêmio da UNESCO de Educação para a Paz. Foi autor do livro Pedagogia do Oprimido. Livro que eu não paguei um centavo para ler. Faleceu em 1997, aos setenta e cinco anos. Hoje, em 2020, ele é criticado pelo povo brasileiro, humilhado, rechaçado, caluniado, difamado. Ou seja, ninguém liga se você é ou foi um gênio. As pessoas querem se sentir importantes. Querem ser o centro das atenções. Todo mundo quer ser a única pessoa genial. E com ele não foi diferente. Ele deixou um legado porque pensou em si o tempo todo e se tivesse vivo não estaria nem aí para o que falam dele, desde que ele estivesse bem. Mas não está vivo, sua vida se foi, o que viveu, viveu. Se pessoas ainda o lêem, ele não está nem aí mais. A vida acaba. E você morre sozinho, assim como nasce. Só há você dentro da sua casca. E é em você mesmo que você tem de focar a atenção.

Não estou magoado por meu amor não estar nem aí para mim. Ela está certa! Tem que se preocupar com a vida dela. Nem eu mesmo me preocupo com a minha vida. Afinal, com uma tomografia apontando dois pontos nos meus pulmões continuo a fumar.

Nossa vida não é nada na imensidão do Universo. Ela está com o namorado, feliz, apaixonada, sei lá, enfim, vivendo a vida dela, de férias, aproveitando seu relacionamento, viajando, conhecendo o Brasil. Se eu vou morrer, é problema meu. Ela nunca foi a favor de eu fumar, mas sempre respeitou minha decisão. Então agora que eu arque sozinho com minha irresponsabilidade.

Fiz exame de sangue "Dímero D" para descartar embolia pulmonar e assim que saiu o resultado marquei a consulta e levei para a pneumologista. Ou seja, eu tinha outro problema que a médica não fazia ideia do que era e só se importava porque recebia bem para isso. O próximo passo foi descartar pneumonia. Então tomei antibiótico durante nove dias e expectorante, pois havia ruído nos meus pulmões. E depois de um mês voltaria a fazer outra tomografia dos pulmões.

Enquanto aguardava o tempo que se arrastava, aguardava o resultado do vestibular para pedagogia, aguardava o resultado do concurso para psicólogo, eu tomava café e fumava o tempo todo. Era o que aliviava a existência. E fui acompanhando meu cacto inútil, sem espinhos, crescer rapidamente, pois utilizava fortificante e fertilizante especificamente para cactos, depois de transplantá-lo para um vaso maior.

E ainda aguardava o resultado da ação cível contra a prefeitura por discriminação e esperando ganhar algum trocado por danos morais, pois seria um passo importante para sair da lama, apesar de que se ganhasse, não seria muito, mas seria uma ajuda num país afundado na crise econômica e em política de austeridade aos proletariados.

Além de acompanhar junto à Defensoria Pública uma nova ação do novo concurso que havia passado em primeiro lugar e fui impedido de assumir o cargo por me negar a apresentar um laudo que me custaria trinta e três por cento do valor do salário que era prometido para a vaga e ter levado no lugar um laudo de aptidão a atividades laborais de uma clínica privada de medicina do trabalho que custou quase dez vezes menos. E acompanhando o resultado das minhas denúncias no Ministério Público, no Conselho de Medicina, no Conselho Municipal de Saúde, contra a coordenadora da Saúde Ocupacional da prefeitura por discriminação. E ainda preparando um processo administrativo contra um servidor público da Saúde Mental por perseguição com difamações e discriminação, pedindo que fossem tomadas medidas administrativas contra o servidor e pedindo uma nota da prefeitura em um jornal de circulação local sobre a posição da prefeitura diante dos Direitos Humanos, em defesa da Democracia, em respeito à Constituição Federal, principalmente o artigo quinto que trata dos Direitos Fundamentais e sobre eu ser íntegro, idôneo, ético como pessoa, cidadão e profissional. Pois já planejava usar essa nota na ação contra a própria prefeitura em uma ação rescisória da primeira ação por discriminação, depois do trânsito em julgado no Superior Tribunal de Justiça.

Ou seja, eu só pensava em mim também. Que ela me quisesse com meus defeitos que não são poucos. Que o novo resultado do exame não trouxesse nenhuma notícia ruim. Que eu ganhasse indenização. Que eu conseguisse a vaga que me pagasse pelo menos o salário-mínimo e ter direitos trabalhistas garantidos. Que eu conseguisse um emprego formal. Ou, então, fosse convocado para uma vaga de outro concurso que fiz. Eu não estava pensando nela, apesar de pensar que isso tudo me ajudaria em me reaproximar dela.

Hoje não consigo pagar nem o ônibus de ida para encontrá-la. O que diria então pagar hospedagem, refeições, enfim, acesso a bens de consumo e ainda retornar para minha cidade? Na monotonia do dia a dia, aguando semanalmente o cacto sem espinhos, comecei a questionar por que ainda não haviam saído espinhos se ele já estava grande?

Fui ao Google, em alguns minutos achei a espécie de nome científico Lophophora williamsii dele e descobri que popularmente é conhecido como "Peiote", palavra espanhola derivada de "Nahuatl" que significa "brilhar". E realmente não nascem espinhos. E, mais, ele tem uma substância chamada "Mescalina" que é um alucinógeno natural extraído do cacto peiote. E pode ser usado para quem deseja parar de fumar.

Encontrei isso tudo depois de mais de uma hora de pesquisa. Com isso fiquei feliz, vi uma luz no fim do túnel. Eu teria minha autoestima recuperada. Porque fumar mancha amarela os dentes, deixa um cheiro horrível, ainda mais para quem não fuma, fede a boca, as mãos, fede a roupa, impregna em tudo, mata. Daria uma melhorada no meu humor e na minha depressão. Eu voltaria a ter laços afetivos. Conseguiria participar de eventos sociais em locais fechados, principalmente, porque fumando não curto muito um lugar onde eu não possa acender um cigarro. Conheceria gente nova. Teria ideias novas. Gastaria menos dinheiro, que poderia ser investido nos meus projetos. Com trabalho teria realização profissional. Poderia alcançar aos poucos minha autossatisfação. Conseguiria bancar uma vida sustentável e com acessos. E até, talvez, conseguisse conquistar meu amor. E viver uma vida feliz.

PEIOTE

Eu fui até ao México, mais precisamente no estado de Quintana Roo, na Riviera Maya, em Playa Del Carmen, próximo a Cancún, em maio de 2021.

Ficamos por lá um mês de lua de mel, em isolamento da pandemia. Fizemos um casamento simbólico na areia da praia em frente ao resort em que estávamos e os fotógrafos focaram bem nos detalhes: o fogo na ponta das tochas; o vestido maravilhoso de noiva dela; toda a beleza estampando felicidade e me deixando mais feliz; a areia fofa da praia; o deck de madeira rústica; balde com gelo e uma garrafa especial de champanhe; duas taças de cristal; a noite toda estrelada; a maior lua cheia que já vimos e o mar mais lindo e acalentador que já nos banhamos que é o mar do Caribe; eu em meus trajes matrimoniais, feliz e por isso belo e charmoso para combinar com a melhor esposa que eu tenho.

Antes da lua de mel, nos casamos em nossa cidade natal, somente no civil, em cartório. Com uma confraternização, entre os amigos e familiares, pessoas queridas de nosso convívio, modesta, porém especial.

Tivemos um líder espiritual que falou algumas palavras sobre a importância do amor e nos parabenizou e abençoou nossa união. E recebemos muitos votos de felicidade, de amor, de respeito, de afetos, de carinho, de cordialidade, de diálogo, de companheirismo, de fidelidade. Foi um momento realmente especial, acolhedor, ímpar, um dia que entrou para nossas histórias com um marco muito profundo em nossa existência e uma esperança enorme em nosso destino. E é o caminho que percorremos para nos encontrarmos que será interessante eu contar, pois não foi fácil.

Ela estava de férias com o namorado no Carnaval no Brasil. Eu acabava de preparar quarenta gramas de Peiote para ser consumida. No dia seguinte não fumaria mais, seria dia vinte e seis de fevereiro de 2020, data do aniversário dela. Eu passei mais de uma década fumando e por fim já iam dois maços, ou quarenta cigarros por dia.

O Instituto do Câncer no Brasil confirmou que a pessoa que fuma um maço, ou vinte cigarros por dia, durante um ano, terá cento e cinquenta mutações genéticas no pulmão. A Fiocruz alertou aos fumantes que não há apenas quatro mil setecentos e vinte substâncias tóxicas como estampado nos maços de cigarros e sim mais de sete mil substâncias tóxicas, entre elas, a mais conhecida, a mais temida, a que causa dependência física maior do que o crack, a nicotina.

E quem fuma ou já fumou sabe que o consumo do café, geralmente, também é alto. Eu, a cada vez que fumava, tomava café antes. Café o dia todo, café à tarde, café à noite. Então, a minha química, o meu organismo, que pedia isso tudo todo dia, durante esse tempo todo, estava bastante alterada como é a proposta de qualquer droga, que é alterar o organismo. E quando digo isso, falo também do analgésico, antitérmico, antigripal, chocolate, maconha, cocaína, cerveja, bebidas alcoólicas no geral, doces, tudo que altera o organismo. Então ninguém vive sem droga.

E eu disse para mim que cigarro nunca mais. Mas, como disse, era uma separação delicada com esse comportamento altamente tóxico.

Então, na noite do dia vinte cinco de fevereiro, dia de Carnaval, eu troquei toda a roupa de cama do meu quarto. Troquei meu travesseiro velho por um novo. Coloquei algumas almofadas na cama. Varri e passei um pano no ambiente todo. Tirei a poeira de cima dos móveis e livros. E abri bem as cortinas da janela e a brisa do anoitecer estava muito agradável. Liguei o computador para colocar para tocar uma playlist de som de chuva de fundo. Coloquei uma luminária com a lâmpada de luz fraca amarela de quarenta watts em cima da mesa do computador e desliguei o monitor.

Desliguei também meu celular e coloquei para carregar a bateria. Tomei um banho bem demorado, água abundante, morno, com bastante sabonete de amêndoas por todo o corpo. Também lavei bastante a barba com sabão de coco em barra para tirar bem o odor de cigarro e depois usei o mesmo sabonete de amêndoas que usei no corpo. Fiz o mesmo no cabelo com sabão de coco antes de lavar com xampu orgânico de babosa. Passei uma escova com bastante espuma em cada dedo das mãos.

Abri a embalagem da escova nova de cerdas macias. Passei água nas cerdas e coloquei a pasta dental de menta. E escovei cada canto da boca, os dentes de várias formas, a língua. Enxaguei com bastante água. Repeti a escovação e novamente enxaguei com muita água. Passei fio dental em cada orifício entre os dentes. E por fim usei um enxaguante bucal de hortelã, bochechando por um minuto, duas vezes seguidas.

Acendi dois incensos grandes, de queima lenta, de aroma de sândalo. Peguei o Peiote preparado na cozinha, na quantia certa, em um prato, e coloquei sobre a cama. Voltei à cozinha, peguei da geladeira a jarra de água, tomei dois copos de trezentos mililitros e levei o copo e a jarra para o quarto.

Liguei o ventilador de teto e me deitei na cama ao lado do prato com o Peiote. Espreguicei-me bastante, estalei todos os ossos possíveis do meu corpo, estiquei as pernas, soltei os braços, busquei relaxar o máximo o possível. Eu estava sozinho em casa. Meus pais com meus irmãos foram viajar no Carnaval e curtir a natureza. Depois de todo esse ritual, peguei uma fatia com dez gramas do Peiote e coloquei na boca e comecei a mastigar.

Dei um tempo. Foquei a minha atenção na minha respiração. Busquei curtir o som de fundo. E peguei outra fatia, procurei saborear melhor o cacto. Voltei a focar na respiração e esperei um tempo maior até comer as outras duas fatias. Não tinha relógio, só havia olhado as horas antes de desligar o celular e já era próximo das dezenove horas.

Olhei pela janela aberta e a noite estava bem estrelada e sem nuvens. Pude ver uma linha, bem fina, côncava, iluminada da lua. Mas aquela luz da lua, quase que imperceptível, se tornou uma luz cheia de cores inomináveis e parecia rodar como em um caleidoscópio. Eu estava em queda, parecia não ter fundo, eu flutuava no ar. Eu morria, mas não sentia medo. Eu senti paz profunda. Eu senti liberdade. Eu senti amor.

No dia seguinte, vinte e seis de fevereiro de 2020, eu acordei ainda em paz e amor profundo. Não havia a perversidade costumeira em mim. Mas ainda sim era eu. Parecia que meu outro eu, pessoa do bem, da paz, carinhoso, afetuoso, respeitador, democrático, simpático, com certo charme, inteligente, sem vícios, sem comportamento autodestrutivo, enérgico, pacifista, humanitário, generoso, humilde, amoroso, modesto, havia tomado o lugar do meu eu.

Fui ao banheiro, urinei, escoveis os dentes. Na cozinha peguei a leiteira, coloquei água, liguei o fogo do fogão para a água ferver e preparei para passar o café. E antes de tomar o café puro como de costume. Decidi preparar uns ovos mexidos e comer com o pão.

Sendo que em todas as manhãs durantes anos, eu só tomava o café preto e fumava. Então não só sentimentos, emoções tomaram conta do meu eu. Meu comportamento também havia mudado. Após comer e beber meu café, eu não vou mentir, senti vontade de fumar.

Mas a mesma vontade de defecar. E optei por defecar. Porque eu sabia discernir agora, o que é realmente fisiológico e não algo químico que não faz parte da minha essência. Depois do desjejum, escovei os dentes, passei fio dental e usei o enxaguante.

Fui até a recepção do prédio, conversei com o porteiro. Falamos sobre concursos por um bom tempo. Sobre coleções de moedas e notas. Sobre segurança pública. Sobre a política nacional e internacional. Sentei-me na frente do prédio onde sempre sentei para fumar, mas dessa vez sem cigarros. Sentei-me para tomar um sol da manhã, tirei a camisa e fiquei lá por uns vinte minutos.

Voltei para o apartamento, peguei minha roupa no guarda-roupa, fui tomar banho. E durante o banho refleti em como parabenizar meu amor que completava trinta e quatro anos, uma semana antes do meu aniversário em que eu completaria trinta e três anos.

Sentei-me em frente ao computador após o banho. Enquanto ele levava alguns minutos para ligar, pensava o que escrever para lhe enviar por WhatsApp. E, também, os cuidados que eu teria de tomar, afinal ela estava em um relacionamento:

"Pedrita,

Você nasceu exatamente uma semana e um ano antes de mim. Então, até nisso eu te sigo. E sigo como um grande fã, afinal você é uma excelente referência de pessoa com seu DNA humanitário.

Fomos muito amigos durante os três anos de ensino médio. E foram anos muito felizes e que marcaram a história da minha vida profundamente. Tenho lembranças incríveis como seu amigo. E você me fez uma pessoa melhor e, mais, me fez ter como princípio sempre buscar melhorar continuamente.

Eu gosto de te ver pelas redes sociais, conversar, saber de você e saber a mulher que você se tornou, e pelo gosto pela vida, apesar das injustiças cotidianas.

Apesar da distância física, ainda mantenho você no meu coração com muito afeto, carinho, respeito e amizade.

Não tem como te esquecer. Ainda mais morando quase duas décadas no endereço com seu sobrenome e em toda vez que compro algo pela internet, toda vez que alguém me pede o endereço residencial, toda carta e cobrança que chega. Mas não só por isso, em cada animal que eu faço carinho na rua sem medo, sem preconceito. Em cada ato humanitário meu.

Enviei-lhe um e-book, pois não tenho seu endereço para enviar o livro físico e não quis perguntar o seu endereço para não estragar a surpresa. Então como lembrança desta data especial que é hoje mandei o livro digital Dom Quixote de La Mancha, de Miguel Cervantes. Não sei se já leu, mas espero que goste e seja proveitoso.

Parabéns, com muito afeto,
Pardal"

Desde o aniversário dela, mantivemos conversa diariamente por aplicativos de mensagem. Às vezes mandávamos um artigo ao outro, uma matéria, uma reportagem, algum conteúdo informativo.

Outros momentos nós falávamos da vida, da existência,

do universo. Por vezes compartilhamos nosso cotidiano. Alguma coisa de humor crítico era trocada também. Outras vezes coisas fofas. Um desejo de bom dia, bom final de semana. E desabafamos um com o outro.

Não era diariamente o contato pela internet, mas cada vez se tornou mais frequente e mais intimidades nós trocávamos. O tempo foi passando e eu seguia resistindo sem fumar. E a cada dia minha saúde melhorava.

Com o passar do tempo minha mente foi clareando melhor. Eu participei de alguns eventos sociais. Conheci gente nova. Paquerei algumas moças, mas que não foi para frente. Eu tomei café acompanhado de pessoas que gostariam de investir em um empreendimento, para falarmos sobre trabalho.

Ajudei algumas empresas a divulgarem seus negócios e aumentarem seus clientes. Também me empenhei em escrever o máximo possível para blogs e criar conteúdo em imagens e vídeos também para mídias sociais.

Comecei a ver, verdadeiramente, retorno em meu microempreendimento individual. E, com isso, mais pessoas me procuravam e quanto mais eu enfrentava os desafios com criatividade, mais criativo eu ficava e mais sucesso eu tive.

Até que um dia tive de contratar um contador e montar realmente uma empresa, com endereço físico, toda online, contratar funcionários diretos, terceiros, freelancers, prestadores de serviço.

Consegui comprar um carro popular para ser usado pela empresa. Pouco tempo depois, comprei meu carro pessoal e tive mais liberdade. E finalmente a vida começou a andar e eu conseguia me virar sozinho.

Equipei minha kitnet, que ficava no prédio que era dos meus pais, só com móveis, eletrodomésticos e utensílios novos. Fazia a compra do mês, fazia a limpeza da kitnet, cozinhava, lava as roupas, passava somente o essencial. Pagava a conta de luz, de água, o IPTU, uma ajuda de custo que eu não gosto de chamar de aluguel para meu pai, comprava o gás. Também assistia Netflix, às vezes acompanhado, mas nem sempre com final feliz. Enfim, havia conseguido tomar as rédeas da minha vida.

Um dia pela manhã recebi uma mensagem de áudio do meu amor. Não sei ao certo o que houve na relação dela, mas ela me contou terem terminado o relacionamento. Eu não soube muito que dizer, como amparar, afinal eu tinha um conflito de interesse muito grande e não quis ser oportunista naquele momento dela de fragilidade e não entrei muito em detalhes com questionamentos e ela também não me deu muita informação.

Mais tarde, já à noite, próximo ao horário que ela costumava ir dormir, compartilhei, através do WhatsApp, a cena do filme Across The Universe, com a canção "Hey Jude" do The Beatles no YouTube. E um desejo de boa noite.

Na manhã seguinte acordei com um coração bem grande. E um bom dia com muitas exclamações. Ou seja, um bom dia mesmo. Eu fiquei meio impactado com o que queria dizer, ou se não dizia nada demais esse fato.

Mas eu fiquei feliz com isso, de qualquer forma. Poderia ser só uma ilusão, mas eu costumo ser criterioso em minhas análises e percepção da realidade. E fiquei mais feliz do decorrer do papo finalizado com uma confirmação de que a gente poderia se encontrar qualquer dia desses.

No dia seguinte acordo com um telefonema com o código postal da cidade dela. Não hesitei em atender. Mas não era ela. Era uma secretária de uma empresa na mesma cidade passando a ligação para o diretor de marketing me convidando a participar de um workshop em que eu seria um dos palestrantes para a equipe de vendas. Quando desliguei a ligação, veio uma mistura de euforia, felicidade, alegria e satisfação. Porque eu seria pago para encontrar com ela. Reservariam um quarto de hotel de luxo para mim, com todas as refeições, "all inclusive".

Mas, ao mesmo tempo, um questionamento filosófico sobre os mistérios do universo. Decidi esperar a empolgação passar um pouco para contar para ela. Comecei a escrever a mensagem umas sete vezes durante o dia e apaguei tudo e não enviei.

Foi, então, no início da noite que ela postou uma selfie no Instagram falando que estava em plantão. Eu curti e comentei que eu daria plantão também num sábado inteiro até o início da noite. Ela então mandou boa noite no WhatsApp e perguntou para puxar assunto sobre qual trabalho eu iria fazer.

Então respondi e falei sobre a possibilidade de nos encontrarmos poderia estar próxima. Ela confirmou super empolgada e pediu mais informações do que seria. E me parabenizou por mais um grande passo na carreira.

Um carro veio me buscar no dia que chegaria ao hotel em que ficaria hospedado para a palestra no workshop no dia seguinte. O carro chegou dez minutos adiantados e superconfortável.

Cheguei ao hotel por volta de uma hora e foi o tempo de fazer o check-in, guardar minha mala e ir para o restaurante do hotel em um almoço de reunião de alinhamento do evento com os gestores, organizadores e o CEO. A reunião terminou por volta de três da tarde. Fui para meu quarto, tomei um banho, troquei a roupa, deitei-me na cama, olhei para o teto, não resisti e liguei para ela. Ela prontamente atendeu. Ficamos meio tapados, sem jeito, no início, mas combinamos de nos encontrar. Eu a buscaria em casa e já mataria a saudade da família dela, que foi muito presente também em minha adolescência.

No evento ao qual participei, ganhei visibilidade nacional. Pois era um evento muito bem estruturado e com muita divulgação. Minha palestra foi parar na internet com mais de meio milhão de visualizações no YouTube da empresa que realizou o evento.

Então eu fui procurado por muita gente. E novamente o contador teve de dar conta da demanda e trabalhar muito, junto ao setor comercial, financeiro, de vendas, de pós-vendas, de mídias sociais, de marketing, de produtores de conteúdo, de jornalistas. Enfim, deu muito trabalho, mas dei conta do crescimento.

Além das outras inúmeras palestras depois dessa, fiz outras dezenas pelo país todo em um mês. Fora que fui muito mais procurado para ser consultor de negócios de novos empreendimentos ou de renovação do empreendimento já existente.

E, também, neguei alguns trabalhos, pois não acreditava no produto ou serviço e não queria me envolver com o tipo de negócio da pessoa. Eu estava em condição de negar trabalho porque estava entrando muito dinheiro e cada vez mais. Porém, algumas consultorias que fiz, eu não tive a opção de declinar se eu quisesse continuar levando minha vida.

Chegou próximo da hora de nosso encontro e, quando cheguei de Uber em sua casa, ela me atendeu. Foi um misto de euforia e um clima sem jeito. Abraçamo-nos, conversamos por uns cinco minutos. Ganhei outro abraçado inesperado, mostrando que ela continuava a mesma.

Então entramos na casa de sua família. Depois de ser paparicado por todos da família dela, pegamos um Uber e fomos até ao restaurante "Van Gogh" e comemos um "Camarão a Moçambique", uns camarões com alho e manteiga, arroz à grega e batatas coradas e tomamos duas jarras de vinho tinto seco com setecentos mililitros cada jarra.

E nossa conversa foi um misto de nostalgia, de defesa de posição política, de afirmação de ideologias, de frustrações passadas, muita risada, angústias com o futuro, histórias de relacionamentos passados, planejamento profissional, intenções, projetos, troca de carícias nas mãos como forma de apoio, lutos, lutas, indignações, histórias de sucesso, terror à pandemia, muita empatia foi trocada no jantar. Por fim, pedimos a conta e o Uber. Continuamos conversando dentro do carro, porém sem falar coisas muito íntimas.

Quando chegamos na casa dela, descemos do carro, pedi para o Uber esperar um pouco. Então agradeci a noite, falei o quanto tinha sido bom, o quanto estava feliz em revê-la e a família dela. Ela disse o mesmo, também agradeceu. Dei boa noite, ela também desejou boa noite.

E quando me virava para retornar ao Uber, ela segurou meu rosto e minha mão direita. Ficamos em silêncio nos olhando e eu me voltei a ela. Novamente aquele silêncio. O silêncio mais gostoso que eu já pude ouvir, mais gostoso que os primeiros. Olhávamo-nos apaixonados. Eu percebi a reciprocidade, a insegurança, ela estava em silêncio também. E nos beijamos. E não sei quanto tempo passou em nosso beijo.

Eu queria guardar aquele momento para sempre. E quando terminamos, nós nos olhamos de novo. Ficamos em silêncio novamente. E ela disse para eu dormir bem. E eu só pensei em dizer bons sonhos e voltar para o carro, totalmente com a cabeça no mundo da lua. E por fim me libertei e disse com todas as palavras a ela: Eu te amo!

E cá estamos aproveitando a lua de mel e o isolamento da Pandemia, no Caribe, vivendo sonhos, curtindo a vida, cúmplices de um crime perfeito, e principalmente, felizes.

CARIBE

Estar no Caribe mexicano é viver um sonho. É tudo muito especial. Ainda mais se você puder se hospedar em um resort de frente para o mar do Caribe, com a janela bem grande, de frente para a praia e respirar a brisa gostosa que vem do mar.

A Riviera Maya é linda de ponta a ponta, tanto Tulum que é menos frequentada, quanto Playa Del Carmen, onde nós estamos e até Cancun que é mais famosa pela noite badalada.

Fora as ilhas muito conhecidas por aqui, inclusive daquele filme antigo dos anos 1990 "Lagoa Azul". Com a melhor companhia que eu poderia ter, então, tudo é muito mágico. Tomamos um café da manhã completo todos os dias.

Almoçamos iguarias diferentes para conhecermos a gastronomia local. Conhecemos pessoas de diversos países diferentes em diversas ocasiões. Tomamos café da tarde em lugares aconchegantes. E brindamos e petiscamos ao pôr-do-sol em bares e quiosques de frente para a praia.

À noite jantamos em restaurantes diversos com ambientes da cultura local. E, para completar o romantismo, fumamos juntos na areia da praia uma flor de maconha de altíssima qualidade e damos um mergulho no mar do Caribe sob a luz da lua cheia e fazemos amor antes de retornar ao resort. E tomamos banho e fazemos amor madrugada adentro.

Eu viveria eternamente essa vida. Mas chegou ao fim. E, pelo amanhecer, ao contrário de todos os outros dias, ela acordou antes. Já havia tomado banho, escovados os dentes, se arrumado para o café da manhã, arrumado suas malas.

Eu havia tomado duas doses de tequila na noite anterior

e talvez isso tenha favorecido a minha preguiça, inabitual pela manhã. Ela esperou eu me espreguiçar, tomar banho, escovar os dentes e me arrumar para o café. Deu-me um abraço. Olhou-me de frente. Fez uma expressão facial de desconfiança, com certa reprovação. Então ela sorriu e me dando a mão me puxou para irmos para o restaurante do resort.

Eu acionei o elevador, enquanto esperávamos, o silêncio se mantinha entre nós. Ao chegar o elevador havia mais pessoas. Fomos todos em silêncio ao restaurante.

Quando adentramos, ela foi escolher sua refeição matutina. Eu fui logo atrás. O silêncio continuou. Sentamos à mesa e ela olhou novamente nos meus olhos. Permanecemos em silêncio. E não era aquele silêncio apaixonado ao qual já lhe contei. Era um silêncio de "DR".

Havia algo de errado que eu havia feito e que eu não fazia à menor ideia do que poderia ser. Até que ela tomou um gole de café preto e quebrou o silêncio angustiante.

–Eu sei quem você é.

–Não entendi.

–Não vejo sua transparência agora e nunca vi sobre esse assunto.

–Qual assunto?

–Cinismo aí já é demais!

–Eu realmente não sei de qual assunto.

–Eu vou acreditar que você não saiba do que se trata, porque prometemos confiança entre nós e vou dizer exatamente o que é do que falo.

–Por favor, continue.

–Você tem um escritório em uma mansão alugada por outra pessoa. Não tem fachada indicando o que você faz para clientes saberem chegar. Nessa casa você tem seu CFTV particular completo com câmeras por toda a cidade. Você tem um rádio profissional que pega inclusive a frequência da polícia militar e guarda municipal. Além do rádio amador antigo que está em uso e ninguém sabe com quem você conversa. Você mantém em uma gaveta vinte celulares antigos de tecnologia ultrapassada 2g, sem GPS e que são trocados, inclusive seus chips, toda vez que é feita uma ligação. Você tem cinco estantes com mil celulares e cinco computadores novos com o WhatsApp Web aberto e seus funcionários, hora ou outra, pegam um celular identificado por um número para autenticar a conta do WhatsApp na internet. Na casa tem uma sala enorme somente com vinte pessoas fixadas com seus olhares na tela do computador, cada um em sua baia, sem falarem absolutamente nada, parece que não tem ninguém na sala, não se comunicam nem entre eles, alguns com telas abertas cheias de códigos. A casa tem mais câmera de vigilância que a Casa Branca dos Estados Unidos. Há uma parede inteira falsa tão bem disfarçada que eu não saberia se eu não visse seu funcionário abrindo-a e que havia algumas coisas sem nexo e, muito provavelmente teria uma segunda parede falsa dentro dela, que não pude ver, já uma de suas funcionárias me tirou de lá com uma desculpa esfarrapada. Na cozinha você tem um laboratório, há pesquisadores fazendo experiências. No closet enorme tem macacões, coletes a prova de bala, máscaras, luvas, coturnos. No quintal há três latões enormes que servem para queimar arquivos, documentos. Além da fornalha que sabe se lá o que você crema lá dentro. E sua sala ninguém sabe como é. Para entrar nela há duas portas pesadas de metal, provavelmente à prova de bala e acesso por biometria. Ninguém sabe o que você faz. E por que você escolheu a empresa de segurança de nosso condomínio e com seguranças fortemente armados que parece um exército?

–Eu nunca toquei no assunto sobre o que faço porque não quero você nem como testemunha, nem como cúmplice.

–Então por que nos casamos? Por que isso tudo? Por que você se esforçou tanto para me reencontrar? Por que você perdeu tempo?

–Porque eu te amo!

–Passamos muito tempo juntos, grudados, companheiros fiéis, sempre soubemos da intimidade mais íntima um do outro, estivemos juntos e fortes pro que desse e viesse, trocamos muitos afetos, muitos carinhos, fomos respeitosos um com o outro, nos magoamos algumas vezes, pedimos desculpas sempre, não repetimos o erro nunca, fomos amigos, fomos amantes, fomos confidentes, fãs um do outro, ídolo um para o outro, fomos vistos muitas vezes juntos em festas, confundiam a gente com irmãos, confundiam a gente com namorados, seguramos a barra um pelo o outro, torcemos pelas vitórias um do outro, e você nesse tempo todo, mesmo com nossa longa história que foi linda, você nunca disse "Te amo!". Agora é a quarta vez que você diz. A primeira quando nos beijamos e começamos um relacionamento maduro. A segunda quando você me pediu em casamento. A terceira quando nos casamos. E esta é a quarta em pouco tempo. O que mudou para você poder se declarar mais, se logo agora que você passou a me esconder algo quem nunca foi de esconder nada de mim?

–Eu vou ser honesto contigo. Não queria ter escondido isso. Era para sua segurança.

Você acha que eu sou uma fraca? Que não tenho estrutura para lidar com a realidade? Você acha que sou medrosa? Que sou frágil? É isso que você ta dizendo depois de dizer "Eu te amo!"?

–Não é isso. Vamos conversar e eu vou contar sobre minha vida.

–Não precisa não porque eu já sei de tudo.

–Você precisa saber. Você está certa!

–Vamos conversar sim, mas agora eu só quero uma resposta direta.

–Tudo certo. Pode fazer a pergunta que vou ser direto.

–Você é o "Carcará"?

SOBRE O AUTOR

Felipe Leal Cruz

Nascido em Resende, interior do Rio de Janeiro, em março de 1987, bacharel em psicologia, tecnólogo em marketing e técnico em transações imobiliárias.

Como Educador Social colaborei em escolas públicas e privadas da Região Sul Fluminense do estado do Rio de Janeiro levando o debate, através de técnicas de dinâmica de grupo, de forma lúdica e não diretiva às crianças, adolescentes, jovens e EJA para prevenção ao abuso de Álcool.

Fiz estágio no Programa Delegacia Legal, atendendo ao público, além de estágio no CAPS de minha cidade e um ano em estágio em Psicologia Clínica.

Sou pessoa do bem, busco evitar conflitos, busco a paz. Porém sou bem justo e não me calo diante de injustiça alguma, não importa de onde ou de quem venha.

Apesar de não ter religião, concordo que todos tenham direito de expressar e viver sua religiosidade, seja qual ela for. Porém acredito no Estado laico pelo bem da Democracia.

Acredito que a Educação é o caminho para a revolução para um mundo melhor, mais justo, menos desigual, sem violência.

Sou extremamente apaixonado por aprender.